Gefährliche Warheit
Lea Böhme

AF272848

Gefährliche Wahrheit

Lea Böhme

Bibliografische Information der Deutschen Nationalbibliothek: Die Deutsche Nationalbibliothek verzeichnet diese Publikation in der Deutschen Nationalbibliografie; detaillierte bibliografische Daten sind im Internet über dnb.dnb.de abrufbar.

2. Auflage Januar 2024
© 2023 Lea Böhme
Herstellung und Verlag:
BoD – Books on Demand, Norderstedt
Bild von freepic.diller auf Freepik
Dieses Cover wurde mit Ressourcen von Freepik.com erstellt

ISBN: 978-3-7578-2230-9

1. Kapitel

Die 16-jährige Caroline lebte mit ihren Eltern am Rande einer Kleinstadt in der Nähe von Portland.

Sie hatte auch eine ältere Halbschwester, die aber schon ausgezogen und verheiratet war. Sie und Sarah konnten unterschiedlicher nicht sein. Caro wollte nach ihrem Abitur Journalismus studieren, während Sarah, immer noch unentschlossen, in einem Cafe jobbte. Ihre Ausbildung als Friseurin hatte sie abgebrochen, da sie merkte, dass es doch nicht so ihr Ding war.

Es war Sommer und Caro spielte am Morgen mit dem Hund im Garten, während ihre Mutter in der Küche das Frühstück vorbereitete.

Der Hund hieß Charly, war ein einjähriger Schäferhund-Mischling und sehr verspielt.

Caro und der Hund waren fast unzertrennlich. Wenn es nach Caro gehen würde, würde sie ihn sogar mit zur Schule nehmen. Was natürlich nicht möglich war. Als Carolines Mutter auf die Terrasse ging und rief „Frühstück ist fertig" kamen Caroline und Charly in die Küche gestürmt. Es roch köstlich. Caro setzte sich an den Tisch, während Charly zu seinem Napf ging und entsetzt feststellte, dass dieser noch leer war. Er sah daraufhin beide fragend an. „Ja, Charly, ich mache dir auch etwas!", entgegnete ihre Mutter darauf. Während sie den Napf füllte, sagte sie zu Caro, dass sie schon anfangen könne. Charly war ganz ungeduldig. Warten war definitiv nicht seine Stärke. Kaum hatte Caros Mutter den vollen Napf hingestellt, fraß er ganz gierig. Man könnte meinen, das Charly sonst nichts zu fressen bekam oder Jemand ihn sein Futter streitig machen könnte. Was natürlich nicht stimmte. Dann setzte sie sich mit an den Tisch. Es gab leckere Pancakes mit Ahornsirup. Caro liebte den süßen Sirup. Der Napf war schnell leer und Charly legte seine Schnauze fordernd auf den Tisch.

„Charly, nein! Das ist nichts für dich!", ermahnte Caro ihn. Enttäuscht ging er zu seiner Decke und legte sich hin. Caro wante sich ihrer Mutter zu. „Wo ist Papa?", wollte sie wissen, während sie ihren Pancake genüßlich aß.

„Dein Vater frühstückt heute bei den Nachbarn mit. Die brauchen heute mal wieder etwas Hilfe." Da Caros Vater handwerklich geschickt war, half er ab und zu den Nachbarn bei kleinen Reparaturarbeiten.

Nach dem Frühstück teilte sie ihrer Mutter mit, dass sie noch etwas in der Stadt besorgen wolle.

Als sie die Haustür öffnen wollte, kam Charly sofort angerannt. „Nein Charly, ich fahre zum Einkaufszentrum und da kann ich dich nicht mit hinnehmen." Charly sah daraufhin Caro mit einem bettelnden Blick an. „Nein Charly! Du bleibst hier!" Er war davon überhaupt nicht begeistert und sah ihr traurig hinterher als sie das Haus verließ. Caro schnappte sich ihr Fahrrad und fuhr los.

Auf dem Weg zur Stadt fiel ihr ein blaues Auto auf. Es fuhr die ganze Zeit langsam mit einem gewissen Abstand hinter ihr her. Wurde sie verfolgt? Sie fuhr daraufhin schneller und fuhr nach links ab. Das Auto fuhr nun auch etwas schneller und fuhr weiterhin hinter ihr her. „Was geht hier vor sich?" Sie kam am Einkaufzentrum an. Das blaue Auto parkte auf dem großen Parkplatz des Einkaufszentrum. „War es nur Zufall und der Fahrer wollte ebenfalls nur einkaufen?" fragte sich Caro, während sie ihr Fahrrad anschloß. Sie ging zum Eingang. Der Fahrer blieb im Auto sitzen. Caro kaufte ein paar Sachen und verließ das

Einkauszentrum. Ein Mann stand am blauen Auto und beobachtete sie. Er ging direkt auf sie zu als sie fast an ihrem Fahrrad angekommen war. Plötzlich stand er vor ihr. Caro erstarrte. Er sah sehr sportlich aus.

Er hatte dunkelblondes hoch gegeltes Haar. Sie schätze, das er um die 30 Jahre alt war.

„Hallo Caroline!", begrüßte er sie. „Entschuldigung, kennen wir uns?" fragte sie ihn ganz entgeistert. Ihr kam er nicht bekannt vor. „Nein, bisher nicht. Dein Vater hat mich geschickt. Es könnte sein, dass du in Gefahr bist."

Er lächelte sie an. „Er will dich kennenlernen und dich in Sicherheit wissen."

„Mein Vater? Warum sollte er mich kennenlernen wollen? Ich glaube Sie verwechseln mich mit jemandem."

„Nein, ich weiß, dass du Diejenige bist! Seine Miene war ernst. „Er möchte, dass du mit mir kommst."

„Sind Sie sich wirklich sicher? Ich glaube Sie verwechseln mich bestimmt. Und ich komme bestimmt nicht mit Ihnen mit! Ich kenne Sie überhaupt nicht!"

„Ja, das stimmt wohl. Wenn du mir nicht glauben willst und nicht mitkommen magst, dann gib mir doch bitte zumindest deine Telefonnummer, damit dein Vater dich anrufen und dir alles in Ruhe erklären kann. Und du kannst ruhig "Du" zu mir sagen."

„Wie bitte?! Ich gebe Ihnem doch nicht einfach meine Telefonnummer. Lassen Sie mich bitte in Ruhe!" Das "Du" Angebot ignorierte sie absichtlich.

Er sah sichtlich enttäuscht aus. Caro stieg wieder auf ihr Fahrrad, lies den Mann stehen und radelte davon. Sie wollte so schnell wie möglich weg von diesen Mann. „Was glaubt er eigentlich, wer er ist?, dachte Caro, während sie weiter fuhr.

Sie war total verwirrt und in Gedanken versunken, als plötzlich ein Auto vor ihr aus der Nebenstraße herausschoss. Caro bemerkte es zu spät. Sie versuchte noch zu bremsen, doch vergebens und prallte gegen das Auto. Ihr wurde sofort schwarz vor den Augen. Plötzlich hörte sie eine bekannte Stimme.

„Caro?! Bleib wach. Bleib bei mir. Der Krankenwagen ist unterwegs! Es wird alles gut." Dann verlor sie das Bewusstsein.

In der Zwischenzeit machte Caros Mutter die

Wäsche. Sie bügelte und sah dabei Fernsehen.

Als sie mit dem bügeln fertig war, wollte sie das Mittagessen vorbereiten.

Sie war schon die Treppe hinunter, als das Telefon klingelte. Sie nahm ab.

„Guten Tag, hier ist das Sali-Krankenhaus. Ihre Tochter wurde gerade hier eingeliefert. Sie hatte einen Unfall."

Verena, so hieß Caros Mutter, wurde ganz bleich im Gesicht.

„Was ist passiert?"

„Der Autofahrer konnte nicht mehr schnell genug bremsen. Sie hat aber zum Glück nur eine leichte Gehirnerschütterung und zwei gebrochene Rippen."

Verena war erleichtert. „Ich komme sofort!"

Im Krankenhaus wachte Caro langsam auf. Als sie die Augen öffnete stand ein Mann vor ihr. Sie erschrak und schaute sich um.

„Wo bin ich?, fragte sie.

Der Mann, der vor ihr stand, sah nicht gerade wie ein Arzt aus. Er war so um die 40 Jahre und trug eine schwarze Lederjacke.

„Du bist im Krankenhaus. Du hattest einen Unfall", meinte der Mann zu ihr.

Caro sah sich nochmals um.

„Wer sind Sie?"

„Ich bin dein Arzt."

„Sie sehen aber nicht gerade wie ein Arzt aus."

Er lächelte.

„Ich bin auch nicht im Dienst."

„Und warum sind Sie dann hier?"

Er wurde sichtlich etwas nervös, dann lächelte er nochmals.

„Deine Eltern wollen dich bestimmt besuchen kommen. Ich wollte nur noch einmal nach dir sehen, ob bei dir alles in Ordnung ist. Da ich jetzt Feierabend habe, wird sich, falls noch etwas sein sollte, mein Kollege um dich kümmern.

Ich muss jetzt los!"

Er verabschiedete sich und ging. Irgendwie kam Caro der Arzt merkwürdig vor.

Fünf Minuten später ging die Tür auf und ihre Eltern kamen herein.

„Hallo Schatz! begrüßten beide Caro.

„Hi Mum, hi Dad!"

„Wie geht's dir?, wollte ihre Mutter sofort wissen.

„Wenn ich aus dem Krankenhaus heraus bin, gut. Nur mein Kopf und meine Rippen tun noch etwas weh.

Ihre Eltern setzten sich nun neben Caro auf einen Stuhl am Bett. Dann kramte ihre Mutter in ihrer Handtasche, holte eine Packung Salzstangen und ein Buch heraus und legte sie auf den Nachttisch.

„Hier, für dich. Ich habe dir etwas zum Naschen und zum Lesen mitgebracht."

„Danke Mum!"

Auch etwas Kleidung zum wechseln, sowie ein Handtuch, eine Zahnbürste und Zahnpasta hatten sie dabei.

„Deine Mutter hat mich sofort informiert, nachdem sie den Anruf vom Krankenhaus bekam. Ich habe einen Schreck bekommen. Was machst du bloß für Sachen?", frage ihr Vater sie vorwurfsvoll.

„Ich weiß leider nicht mehr, wie es zu dem Unfall gekommen ist."

Caro wusste nur noch, das Sie mit dem Fahrrad zur Stadt fahren wollte, um ein Geschenk zu besorgen, da ihre Mutter bald Geburtstag hatte.

„Ich bin froh, dass dir nichts schlimmeres passiert ist. Der Arzt sagte mir das CT sei unauffällig, aber du solltest trotzdem zur Beobachtung noch etwas hierbleiben und danach dich auch noch zu Hause schonen", meinte ihre Mutter zu ihr.

Sie redeten noch über eine halbe Stunde, dann meinte Caro, dass sie müde sei und schlafen wolle.

Ihre Eltern verabschiedeten sich und gingen hinaus.

Caro machte die Augen zu und schlief ein.

Plötzlich weckte sie jemand.

„Hey, aufwachen!" Es war die Krankenschwester, die den Blutdruck messen wollte und Abendessen brachte.

Als Caro aufgegessen hatte, las sie noch in dem Buch, dass ihre Mutter mitgebracht hatte. Plötzlich ging wieder die Tür auf.

„Guten Abend Caro! Ich wollte nur noch einmal nach dir sehen."

Sie schaute kurz auf. Es war wieder dieser Mann mit der Lederjacke. Dann hielt sie wieder ihr Buch vor die Nase und sagte:

„Mir geht's gut. Ich möchte lesen und möchte jetzt gerne dabei nicht gestört werden."

2. Kapitel

In der Zwischenzeit saßen Caros Eltern am Tisch und aßen.

Caros Vater konnte nicht wirklich essen und spielte mit dem Abendessen herum.

„Meinst du, Caro geht es wirklich gut?"

„Ja, du brauchst dir keine Sorgen machen und jetzt iss bitte."

Er stocherte weiterhin mit der Gabel im Essen herum. „Wer hatte denn den Krankenwagen gerufen? Der Autofahrer? Oder ist er einfach weitergefahren?"

„Mir wurde mitgeteilt, dass ein Zeuge den Krankenwagen gerufen hat. Der Autofahrer war auch am Unfallort geblieben bis der Krankenwagen und ein Polizist von einem anderen Revier eintraf. Peter, jetzt iss bitte endlich, sonst wird das Essen doch ganz kalt."

Dann aß er endlich.

Nach dem Abendessen wusch Verena das Geschirr ab und las noch in einem Buch.

Peter ging währenddessen mit dem Hund spazieren. Man merkte, das Charly Caro vermisste. Er war nicht so voller Energie und fröhlich wie sonst.

Als die Uhr 22.30 Uhr zeigte, gingen sie schlafen.

Am nächsten Morgen wurden sie um 7.00 Uhr vom Telefon geweckt. Verena nahm ab. Die gleiche Stimme meldete sich, die sie auch über den Unfall benachrichtigt hatte.

„Guten Morgen! Ist ihre Tochter bei Ihnen?", wollte die Krankenschwester wissen.

Verena war verwirrt. "Wieso? Ist sie nicht mehr im Krankenhaus?"

Ich muss Ihnen leider mitteilen, dass Ihre Tochter verschwunden ist. Sie ist nicht mehr in ihrem Zimmer. Ich wollte das Frühstück bringen. Aber das Bett war leer. Und sie ist nirgends zu finden. Wir haben im ganzen Krankenhaus nach ihr gesucht."

Verena erstarrte, als würde sie eine Statue sein.

„Was!?"

Wissen Sie vielleicht, wo Caroline sein könnte? Hatte sie einen Grund wegzulaufen?"

„Was? Wie?...Nein!"

„Haben Sie wirklich keine Ahnung, wo sie sein könnte?", hakte die Krankenschwester noch einmal nach.

„Ich kann mir gar nicht vorstellen, dass Caro weggelaufen ist. Sie hat eigentlich gar keinen Grund dazu. Sie kann doch nicht so einfach spurlos verschwinden. Hätte sie dann nicht zumindest ein Arzt oder eine Krankenschwester bemerken müssen, als sie das Zimmer verlassen hat?"

„Ja, das stimmt. Einer von meinen Kollegen hätte sie eigentlich bemerken müssen."

„Oder...sie...sie wurde entführt", dachte Verena laut.

„Wie kommen Sie darauf?" Verena konnte es der Krankenschwester nicht erzählen. Hat es mit ihrer Vergangenheit zu tun? Hat er sie etwa gefunden nach so langer Zeit, fragte sie sich. Nein, das kann nicht sein. Aber was, wenn doch? Wenn sie die Wahrheit erzählt, kann Caro etwas schlimmes zustoßen. Nein, das konnte sie nicht zulassen. Wenn sie schwieg, hatte sie eher eine Chance sie lebend wieder zu bekommen. Also sagte sie stattdessen:

„Ich kann mir einfach nicht vorstellen, dass sie weggelaufen ist. Und wenn auf den Fluren so viel Personal herumläuft, dann kann sie doch nicht einfach unbemerkt verschwinden!"

„Oder sie konnte doch irgendwie unbemerkt weglaufen. Ich höre mich weiter hier um. Vielleicht hat ja doch einer irgendetwas bemerkt. Ich werde mich sofort bei Ihnen melden, sobald ich etwas Neues erfahre."

„Danke, auf Wiederhören!"

„Auf Wiedersehen!"

Dann legte Verena auf.

Ihr Mann sah sie erstarrt an.

„Was ist passiert? Ist Caro nicht in ihrem Zimmer? Wurde sie entführt?"

„Ich weiß es nicht. In ihrem Zimmer ist sie nicht. Es besteht die Möglichkeit, dass sie weggelaufen sein könnte oder entführt worden ist", sagte Verena daraufhin zu ihm.

„Oh mein Gott! Und was sagtest du gestern noch zu mir? Ich brauche mir keine Sorgen machen!"

„Peter! Das war ein ganz anderes Thema."

„Wie auch immer, aber jetzt ist sie verschwunden!"

Er stand auf, wählte Caros Handynummer. Aber es ging nur die Mailbox ran. „Verdammt!" Er fluchte innerlich. Er ging ins Badezimmer duschen. Er musste nachdenken. Das konnte er immer am Besten beim duschen. Dann zog er seine Kleidung an, kam wieder aus dem Badezimmer heraus.

„Kannst du dir wirklich vorstellen, dass Caro jemand entführt haben könnte? Und wenn ja, wer und warum?", wollte er wissen.

„Ich weiß es nicht", entgegnete Verena darauf. Peter ist zwar Polizist, aber sie konnte ihn einfach nicht die Wahrheit sagen. Vielleicht irrte sie sich ja auch.

„Charly müsste dringend raus. Ich gehe mit ihm eine kleine Runde und fahre danach auf's Revier und melde sie als vermisst", sagte Peter zu ihr und riss sie dadurch aus ihren Gedanken. Magst du bitte währenddessen alle ihre Freunde anrufen und auch Sarah?"

„Ja, mach ich!", entgegnete Verena darauf und nahm schon den Telefonhörer in die Hand. Sie hofften beide, dass sie bei einer Freundin oder ihrer Schwester war.

Peter machte die Haustür auf und Charly kam mit seiner Leine im Maul auf ihn zu gerannt.

Er nahm die Leine und befestigte sie an seinem Halsband.

Dann verschwanden die Beiden nach draußen.

Caro wurde langsam wach und begutachtete ihre Umgebung. Sie lag in einem Bett. Das Zimmer war sperrlich eingerichtet. Ein Tisch, ein Stuhl, ein Kleiderschrank und ein Bett, in dem sie lag. Sie versuchte aufzustehen. Ihr war aber noch etwas schwindelig. „Wo bin ich?", fragte sie sich. Sie entdeckte eine Tür. Als sie es endlich geschafft hatte aufzustehen, ging sie zur Tür und versuchte sie zu öffnen. Sie war abgeschlossen.

Sie klopfte und zerrte daraufhin an der Tür und schrie: „Hallo? Lassen Sie mich raus!" Aber nichts passierte. Dann ging sie zum Fenster. Sie versuchte es ebenfalls zu öffnen. Es ließ sich aber nur kippen. Sie schrie um Hilfe. Aber es war Niemand zu sehen, der sie hätte hören können, außer ein paar Vögel die zwitscherten und ein Reh vielleicht. Nicht mal ein Auto fuhr hier vorbei. Rundherum waren jede Menge Bäume. Aber dennoch kam ihr die Umgebung irgendwie ein bisschen bekannt vor.

Peter war mit Charly schon eine halbe Stunde unterwegs. Als sie bei einem etwas entfernten verlassenen alten Gebäude vorbeikamen, blieb Charly stehen und winselte plötzlich.

Er fing an, an der Leine zu ziehen. Natürlich wollte Peter wissen, weswegen Charly so an der Leine zog. Also lief er mit dem Hund mit. Charly raste auf das Gebäude zu. Als sie näher am Gebäude waren hörte Peter, dass jemand um Hilfe schrie. Die Stimme erkannte er sofort. Er konnte es nicht glauben? Wird hier seine Tochter gefangen gehalten? Wurde sie tatsächlich entführt? Er schlich um das Gebäude herum und entdeckte ein gekipptes Fenster.

Caro entdeckte ihn mit Charly.

„Dad, bitte hole mich hier raus! Ein Mann hat mich entführt und hier eingesperrt"

„Ist der Mann hier?", fragte ihr Vater sie.

„Nein, ich denke nicht."

„Ich versuche die Tür einzutreten. Bleib wo du bist!"

Carolines Vater ging weiter um das Gebäude herum. Er versuchte einen Eingang bzw. einen Hintereingang zu finden, um ins Haus zu gelangen. Die Türen waren aber so gut gesichert, dass ein auftreten der Türen unmöglich war. Die Fenster einschlagen konnte er leider auch nicht, da das Glas zu dick war. Aber er fand ein Fenster, das offen stand. Charly band er am angrenzenden Zaun fest. Er hoffte, das Charly ruhig blieb und sich nicht lautstark bemerkbar machen würde.

Er stieg durch das Fenster und landete in einem Raum, der früher wohl einmal eine Küche war.

Dann ging er durch den Raum zu einer Tür. Er machte sie leise auf und stellte fest, dass sich dort der Flur befand. Er hörte Stimmen und schaute in die entsprechende Richtung. Dort standen drei Männer mit automatischen Waffen.

Peter machte die Tür vor sich leise zu und stieg wieder durchs Fenster nach draußen. Er lief wieder ums Gebäude zum Fenster, wo Caro immer noch stand.

„Caro, ich kann dich da nicht alleine herausholen! Ich rufe meine Kollegen an. Auf dem Flur sind drei Wachen, die haben Waffen bei sich. Wir müssen leider auf die Verstärkung warten."

Dann holte er sein Handy aus seiner Hosentasche und rief auf dem Revier an. Er wollte am liebsten sofort seine Tochter da heraus holen. Aber es war zu gefährlich und es waren zu viele Männer. Er musste sich verstecken bis die Kollegen eintrafen. Nicht das einer der Männer ihn vorzeitig entdeckt und seiner Tochter dann etwas antun würde.

Als er sich versteckt hatte, rief er auch Verena an und informierte sie über die aktuelle Situation. Verena war entsetzt und konnte es nicht fassen. Mit zitternder Stimme sagte sie:„Bitte hole sie da heil heraus und lasse nicht zu, dass ihr etwas zu stößt." Peter versprach es ihr.

Caro setzte sich in einer Ecke auf den Fußboden und wartete die Zeit ab, bis die Polizei eintreffen würde. Nach kurzer Zeit schloss plötzlich Jemand die Tür auf und öffnete sie. Es kam ein Mann mit einer Waffe herein. Er schloss die Tür wieder hinter sich ab. Es war dieser Mann, der sich als Arzt ausgegeben hatte.

„Hallo meine Kleine! Endlich lernen wir uns auch einmal richtig kennen."

„Was wollen sie?", fragte Caro ängstlich.

Er schmunzelte. Plötzlich hörte er von weiten Sirenen.

„Du Miststück! Wie hast du es nur geschafft, die Polizei zu informieren?", fragte er sie.

Er sah sich um und entdeckte das gekippte Fenster. Er fluchte innerlich. Hatte sich doch ein Spaziergänger hierher verirrt, den sie informieren konnte?, fragte er sich. Das nächste mal muss er vorsichtiger sein und ein noch besseren Ort wählen.

„Du heißt Caroline Summer. Habe ich recht?"
Sie nickte.

„Gut! Ich werde jetzt verschwinden. Aber ich werde dich wiederfinden. Ich möchte gerne mit dir über etwas sprechen."

Dann schloss er die Tür auf und verschwand. Er hatte die Tür nicht wieder abgeschlossen.

Nach einer Minute kam die Polizei bewaffnet hereingestürmt.

„Bist du verletzt?"

„Nein!", antwortete Caro darauf. Caro überlegte, was der Mann damit wohl gemeint hat.

„Worüber will er mit ihr sprechen? Und warum hat er sie deswegen hier eingesperrt? Was hat er vor?"

Die Polizei half ihr hinaus. Sie konnte zwar alleine laufen, aber sicher war sicher. Als Caro draußen war und ihre Eltern sah, ließen sie die Polizeibeamten los und sie rannte auf ihre Eltern zu. Sie umarmte Beide vor Freude. Caros Rippen und der Kopf taten zum Glück kaum noch weh, trotzdem sagten ihre Eltern, dass sie wieder ins Krankenhaus müsse. Sie müsse auch auf weitere Verletzungen untersucht werden. Die Polizei informierte Caro, dass sie morgen, bzw. sobald sie fit genug sei, eine Aussage über den Vorfall machen müsse. Ihre Eltern fragten sie, ob sie den Mann kannte, aber sie verneinte. Caro hat den Mann, der sie entführt hatte, noch nie vorher gesehen.

3. Kapitel

Am nächsten Tag war Caro wieder zu Hause. Sie sollte sich nur noch schonen und keinen Sport treiben. Es waren zum Glück keine neuen Verletzungen dazugekommen. Caro saß mit ihren Eltern am Mittagstisch und sie unterhielten sich. Sie erzählte ihnen genau, was passiert war.

„Als ich vorgestern Mittag im Krankenhaus aufwachte, stand ein Mann vor mir. Er gab sich als Arzt aus. Er trug keinen Kittel, sondern eine schwarze Lederjacke, weil er angeblich Feierabend hatte und nur noch einmal nach mir sehen wollte. Aber am Abend, wo es schon draußen dunkel war, kam er noch einmal. Er hatte eine Spritze in der Hand. Mehr weiß ich leider nicht mehr. Ich bin gestern früh dann in dem Zimmer aufgewacht und war eingesperrt."

„Caro, kanntest du den Mann, der dich entführt hatte, wirklich nicht?", wollte ihr Vater sofort wissen.

„Nein Dad", antwortete Caro.

„Vielleicht war er einmal in deiner Schule Lehrer oder eine Aushilfe oder..."

„Nein Dad! Ich habe diesen Mann noch nie vorher gesehen!", unterbrach Caro ihn. Sie war sichtlich genervt von dieser Fragerei.

„Komisch. Ich hoffe, dass wir diesen Mann

bald schnappen. Mich interessiert vor allem, was der Mann von dir will und wer er ist." Er überlegte, ob es auch ein ehemaliger Gefängnisinsaße sein könnte, der auf Rache aus war. Er hatte schon ein paar Männer festgenommen, die in Frage kommen würden. Er muss seine Tochter beschützen.

„Dad, und was soll dann passieren? Er hat ja nichts angestellt, außer mich in einen Raum eingesperrt."

„Caro, das ist Freiheitsberaubung. Das ist eine Straftat. Er kann dafür eine Freiheitsstrafe von 6 Monaten bis 5 Jahren bekommen. Und du weißt, ich werde alles versuchen, damit so etwas nicht noch einmal passiert. Ich werde deswegen Polizeischutz anfordern. Meine Kollegen werden dann unser Haus und vor allem dich bewachen und zur Schule fahren, damit dir nichts passieren kann. Und wenn dieser Kerl in deine Nähe kommt, werden ich oder meine Kollegen ihn sofort festnehmen. Aber erst einmal fahren wir gleich zum Revier, damit du eine Aussage machen kannst."

Nach dem Mittagessen fuhr Peter Caro zum Revier. Caro erzählte den Polizeibeamten noch einmal alles, was sie auch schon ihren Eltern erzählt hatte. Peter informierte auch seine Kollegen über die Möglichkeit, dass es auch ein ehemaliger Insasse sein könnte.

2 Monate später liefen die Vorbereitungen von Verenas Geburtstag. Sie wurde 40 Jahre alt. Also sollte es eine große Feier geben. Verena war schon fleißig am backen. Auch das Catering hatte sie schon organisiert. Hoffentlich lief an ihrem Geburtstag nichts schief.

Bis heute hatte keiner den Täter mehr gesehen. Also zogen vor ein paar Tagen die Polizeibeamten ab und nun waren Herbstferien. Verena hat in 2 Tagen Geburtstag und hatte 40 Leute eingeladen. Caro freute sich schon auf die Feier, da ihre ganze Familie kam, sogar ein Teil aus Frankreich.

Dann zwei Tage später kamen die Gäste. Als es klingelte rannte Charly natürlich gleich als Erster zur Tür, um die Gäste zu begrüßen. Caros Tante Lisa und Onkel Maik kamen schon morgens, da sie aus Frankreich angereist waren. Auch ihre Schwester Sarah kam schon so früh.

Verena, Peter und Caro begrüßten alle. Als Caro ihre Tante begrüßte, meinte Lisa, dass Caro echt groß geworden sei. „Naja, wann haben wir uns das letzte mal gesehen? Vor 4 Jahren? Du weißt, dass ihr uns auch gerne öfters besuchen kommen könnt. Und außerdem haben wir noch nie eine Einladung von euch erhalten, seitdem ihr nach Frankreich gezogen seid", entgegnete sie darauf vorwurfsvoll. „Wir wären sonst längst schon mal nach Frankreich geflogen, um euch zu besuchen, stimmt's Mum?" Caro sah ihre Mutter auffordernd an.

Caro wollte schon immer einmal Paris sehen. Es war bisher immer ihr Traum gewesen. Irgendwann einmal in Europa Urlaub machen. Vor allem in Frankreich, denn Paris faszinierte sie.

Ihre Mutter nickte ihr zustimmend zu.

Lisa fühlte sich etwas überrumpelt. In den letzten Jahren hatte sie sehr an ihrer beruflichen Karriere gearbeitet. Dadurch kam ihre Familie, wie sie sich eingestehen musste, etwas zu kurz.

Sie versuchte sich dafür zu entschuldigen

„Es tut mir Leid! Ich..."

Sie war froh als Caros Schwester Sarah sie unterbrach.

"Wollen wir die ganze Zeit hier im Flur stehen bleiben oder wollen wir uns ins Wohnzimmer begeben?"

„Ja,das ist eine gute Idee", stimmte Verena ihr zu.

„Ich habe den Tisch gedeckt und es gibt ein leckeres Frühstück. Ich habe sogar Crossians besorgt." Verena zwinkerte Lisa und Maik zu.

Sie setzten sich alle an den Esstisch. Während des Frühstücks versprach Lisa Caro, dass sie sie nächstes Jahr besuchen kommen dürfte.

Caros Schwester Sarah schwärmte von der großen Wohnung, in dem sie und ihr Mann vor kurzem eingezogen waren. „Warum ist dein Mann eigentlich nicht mitgekommen?", wollte ihre Mutter daraufhin wissen. „Er muss leider arbeiten. Er muss zur Zeit Überstunden machen und auch Samstags arbeiten. Er ist oft spät erst zu Hause."

Am Nachmittag kamen die anderen Gäste. Caros Mutter machte die Tür auf und Einer nach dem Anderen kam herein, gratulierte Verena und begrüßte natürlich auch Peter, Caro und Charly. Die Familie Big brachte ihren Hund "Maja" mit. Eine Pudeldame. Charly begrüßte den anderen Hund mit einem freundlichen Bellen. Er freute sich, dass er jemanden zum Spielen hatte. Sie beschnupperten sich und rannten dann gemeinsam ins Wohnzimmer.

Alle Gäste setzten sich erst einmal ins Wohnzimmer. Es gab Sekt zur Begrüßung.

Verena bedankte sich für die Geschenke, die

die Gäste mitgebracht hatten. Im Wohnzimmer war ein Tisch aufgebaut, wo jede Menge Kuchen stand. Das meiste davon hatte Verena selber gebacken. Aber so einen Stress wollte sie sich nicht noch einmal machen. Sie beschloss das nächste Mal Kuchen zu kaufen oder sich welchen von ihren Gästen zu wünschen. Plötzlich klingelte es an der Tür. Verena wunderte sich, wer das sein könnte, da schon alle Gäste da waren.

Sie öffnete die Tür und erschrak.

„John! Was... machst du...hier?", stotterte sie entsetzt.

Er entschuldigte sich für seine Verspätung, gratulierte ihr ebenfalls und gab ihr ein Geschenk. Statt auf ihre Frage zu antworten, fragte er sie: „ Darf ich reinkommen?"

„Ich habe dich nicht eingeladen! Bitte lass uns in Ruhe!"

Caro kam gerade aus der Küche mit einer Kaffeekanne in der Hand, die sie ins Wohnzimmer bringen wollte und sah ihre Mutter an der Tür stehen. „Mit wem unterhält sie sich da? Und warum bittet sie ihn nicht herein?", fragte sie sich und versuchte einen Blick auf den Mann zu erhaschen.

„Ich muss mit Caro sprechen. Bitte lass mich hier draußen nicht verhungern", bat er Verena und sah ein Mädchen hinter ihr auftauchen.

„Nein, du kannst mit ihr nicht sprechen!" Sie versperrte ihm den Weg, so dass er immer noch unbeholfen an der Haustür stehen bleiben musste.

„Sie ist nicht hier, also verschwinde!"

Als Caro den Mann sah, erschrak sie. Plötzlich gingen ihr Bilder durch den Kopf. Sie konnte sich wieder erinnern. Sie erkannte diesen Mann. War das nicht der Mann, der sie verfolgt und beim Einkaufszentrum angesprochen hatte? Aber trotzdem wusste sie dadurch immer noch nicht wer er war.

„Nicht hier ja?" Er musste grinsen und nickte Richtung dem Mädchen, dass hinter Verena stand.

Verena drehte sich um.

Mist. Warum war Caro nicht im Wohnzimmer bei den Gästen? Sie ärgerte sich, dass Caro ausgerechnet jetzt hinter ihr auftauchen musste.

„Bitte Verena, Caro könnte in Gefahr sein!"

Sie wante sich ihm wieder zu.

„Lass uns in Ruhe und verschwinde!", schrie

sie ihn an und knallte vor ihm die Tür zu.

Warum war sie nur so stur, fragte er sich.

Sie weiß doch, dass er sich immer aus den Geschäften seines Bruders heraus gehalten hat und nichts damit zu tun haben wollte. Gut, er hat Kontakt zu ihm und den Auftrag bekommen Caro in Sicherheit zu bringen, aber das ist auch alles. Was soll er bloß machen? Zwingen wollte er Caro dazu nicht. So etwas macht er nicht. Da sein Bruder in solchen Fall anders handeln würde, da er schnell die Geduld verlor, hatte er deshalb ihn darum gebeten. Sein Bruder wollte nicht gleich schon von Anfang an einen schlechten Eindruck bei ihr hinterlassen. Aber nun blieb ihn wohl nichts anderes übrig als seinen Bruder mitzuteilen, dass er sich wohl doch lieber selber darum kümmern musste. Er wollte daraufhin wieder zu seinem Auto gehen als er plötzlich Blut bei sich bemerkte.

Wie konnte das angehen? Woher kannte meine Mutter diesen Mann, fragte sich Caro als ihre Mutter sich ihr zuwandte.

„Wer war das Mum?"

Ihre Mutter versuchte der Frage auszuweichen

und sagte stattdessen:

„Ich glaube die Gäste warten auf den Kaffee" und zeigte auf die Kaffeekanne, die Caro immer noch in der Hand hielt.

„Mum, Ich habe dich etwas gefragt."

„Caro, wir reden heute Abend darüber, wenn die Gäste weg sind, in Ordnung?"

Caro wollte es eigentlich schon sofort wissen. Aber aus irgendwelchen Grund wollte ihre Mutter es hinauszögern. Warum?

Was hatte ihre Mutter für ein Geheimnis.

Auch Peter war nun inzwischen im Flur aufgetaucht und wollte wissen, was da los war.

Auch Peter vertröstete sie ebenfalls auf heute Abend.

„Ich will heute meinen Geburtstag feiern und einen schönen Tag haben", sagte sie dann zu den beiden und ging ins Wohnzimmer, um den Gästen mitzuteilen, dass das Kuchenbuffet eröffnet sei.

Am Abend gab es noch Schnittchen vom Catering. Die Feier ging bis 2.00 Uhr morgens. Erst dann gingen die Gäste. Als Verena fast alle verabschiedet hatte und die Hälfte der Gäste schon draußen waren, schrien plötzlich alle auf und zeigten auf ein Gebüsch vor dem Haus. Dort ragten zwei Füße heraus. Lag da etwa ein Toter?

Verena ging daraufhin nach draußen Richtung Gebüsch. Als Verena genau hinsah erkannte sie sofort, dass es sich um John handelte. Was war passiert? Sie alarmierte sofort die Polizei. Als die Polizei eintraf wurde der Tatort sofort abgesperrt. Und es kam natürlich die unvermeindliche Frage, ob Verena, Peter, Caro oder Sarah den Toten kannte. Die Gäste waren schon weg. Allerdings mussten sie alle Namen der Gäste der Polizei mitteilen. Damit die Polizei auch diese befragen konnten. Verena überlegte, was sie sagen sollte. Sie fing an zu schwitzen.

„Ja, ich!", meldete sich Caro darauf. „Kannte ist übertrieben, aber er hatte mich vor einer Weile angesprochen und mich gefragt, ob ich mit ihm komme, da ich angeblich in Gefahr sei. Er sagte, dass er mich zu meinem Vater bringen wollte in Sicherheit." Verena sah ihre Tochter entgeistert an. Hatte sie richtig gehört? Warum hatte sie es nie erwähnt? Ein Polizist notierte sich die Aussage von Caro. „Weißt du vielleicht auch wie der Mann heißt?", wollte einer der Polizisten von Caro wissen. Sie schüttelte den Kopf.

„Er heißt John", warf Verena ein. Nun wandte

der Polizist sich ihr zu „Und weiter? Haben Sie auch einen Nachnamen für mich?"

Ja, natürlich kannte sie den Nachnamen. Aber sie konnte es dem Polizisten nicht sagen. Dann wäre alles aufgeflogen. Also schüttelte sie den Kopf.„Schade. Es wäre hilfreich gewesen, da er keine Papiere bei sich hat", meinte darauf der Polizist.

Als die Polizei weg war, wandte sich Verena an Caro. „Du hast mit John gesprochen? Warum hast du das nie erwähnt?"

„Es war der Tag des Unfalls gewesen und ich... ich konnte mich erst daran wieder erinnern als ich ihn heute Nachmittag an der Tür stehen sah."

4. Kapitel

Seit diesem schrecklichen Tag weinte Verena fast nur noch.

Man merkte, dass Verena Angst hatte. Caro und Peter sahen es ihr an. Aber wovor? Weder gegenüber Caro noch Peter wollte sie sich öffnen. Sie erzählte zwar Peter und Caro, dass es der Bruder ihres Ex-Mannes war, aber genauere Details wollte sie nicht nennen.

Was verheimlichte sie vor ihnen?

Nach ein paar Tagen teilte die Polizei mit, dass es sich um einen Mord handelte. Der Täter hatte ihn erschossen. Es war ein Profi, der keine Spuren hinterlassen hat. Es wurde anscheind ein Schalldämpfer benutzt. Dadurch hatte Niemand den Schuss gehört.

Trotzdem wollte die Polizei weiter nach Zeugen suchen.

Vielleicht hat Jemand aus der Nachbarschaft etwas gesehen.

Dann kam der Tag, den Caro nie vergessen wird. Alles fing ganz harmlos an. Caro stand morgens auf, wusch sich, putzte ihre Zähne und zog sich an. Dann schlug sie den Weg zum

Frühstückstisch ein. Charly kam ihr gleich entgegen, um sie zu begrüßen. Ihre Eltern saßen schon am Tisch und unterhielten sich.

„Hi Mum, hi Dad!"

„Hallo Schatz! Hast du gut geschlafen?", fragte ihr Vater sie. Er sah bedrückt aus.

„Ja", antwortete Caro.

„Caro, setze dich bitte hin. Wir müssen mit dir reden", sagte ihre Mutter zu ihr.

Caro setzte sich. Ihre Eltern sahen sichtlich nervös aus.

"Habe ich etwas angestellt?", wollte sie sofort wissen und sah dabei ihre Mutter an.

„Nein, du hast nichts angestellt. Es geht um etwas anderes. Dein Vater und ich haben nun beschlossen, dass du jetzt alt genug bist, um es zu erfahren. Peter ist...mmmh...er ist nicht dein richtiger Vater. Du warst damals 3 Monate alt, als ich mich von James scheiden ließ. Und ich...."

„Was?! Wie konntet ihr mich die ganze Zeit nur so anlügen!", schrie Caro entsetzt.

„Schatz, weil ich Angst hatte, dass du deinen richtigen Vater suchen würdest!"

Sie war sichtlich verwirrt. Hat sie richtig gehört?

Peter ist nicht ihr Vater?

„Wir wollten für dich nur das Beste."

„Das Beste? Nach euerer Meinung war das Beste mich die ganze Zeit anzulügen?"

Sie war entsetzt, enttäuscht und sauer. Sie rannte ohne ein weiteres Wort zur Tür hinaus und knallte die Haustür hinter sich zu.

Verena dachte nach.

„Ich glaube, ich hätte es ihr schon früher sagen sollen", sagte sie dann zu Peter.

„Sie wird sich schon wieder beruhigen. Vielleicht hast du Recht und wir hätten es ihr schon früher sagen sollen. Vielleicht wäre es auch noch besser gewesen, wir hätten es ihr erst gar nicht erzählt. Aber was für eine Reaktion hast du erwartet? Ich würde an ihrer Stelle wohl genauso reagieren", warf Peter daraufhin ein.

Caro war so durcheinander und lief in der Stadt durch die Gegend. Dann setzte sie sich auf eine Bank und dachte nach. Sie musste die Neuigkeit erst einmal in Ruhe verarbeiten.

„Das Beste? Warum das Beste? Wer ist denn mein richtiger Vater? Oh mein Gott!"

Plötzlich ging ihr ein Licht auf. „Sagte nicht dieser Mann damals zu mir, dass mein richtiger Vater mich kennenlernen wollte? Jetzt ergibt das auch alles einen Sinn. Er hasst wahrscheinlich meine Mutter, deswegen versucht er mich alleine zu finden, ohne dass meine Mutter etwas davon erfährt. Naja, vermute ich jedenfalls. Wahrscheinlich will er alleine mit mir reden. Oder er will wissen, was aus mir heute geworden ist, wie ich jetzt aussehe usw. Aber es ergibt noch keinen Sinn, warum John umgebracht wurde. So wie es aussieht, war er der Bruder von meinem leiblichen Vater, also mein Onkel. War der Mann, der mich entführt hatte, mein Vater?"

Plötzlich wurde sie aus ihren Gedanken gerissen und jemand packte sie von hinten und wollte sie irgendwo mit hin schleifen. Sie wehrte sich mit Händen und Füßen. „Ich sagte doch, dass ich dich wieder finden werde!", sagte eine männliche Stimme zu ihr. Caro schrie um Hilfe. Sie wusste nicht, wie es passierte. Aber irgendwie schaffte sie es, sich von seinem Griff zu befreien. Der Taekwondounterricht vor ein paar Jahren hat sich doch nun bezahlt gemacht. Sie rannte so schnell sie konnte davon, ohne sich umzudrehen und schrie weiter um Hilfe, während er sie verfolgte. Sie traf auf eine junge Frau, die gerade joggte. Sie wollte ihr sofort helfen. Aber der Mann, der sie wohl wieder entführen wollte, war weit und breit nicht mehr zu sehen. Anscheinend hat er die Verfolgung schnell wieder aufgegeben.

„Geht es dir gut?", wollte die Frau wissen und bot ihr an die Polizei zu rufen. Sie nahm das Angebot an, da sie ihr Handy in der ganzen Aufregung zu Hause hatte liegen lassen. Die Frau setzte sich mit ihr auf eine Bank, nachdem sie die Polizei angerufen hatte.

„Ich bin Mia.",stellte sich die Frau bei ihr vor.

„Und wie heißt du?"

„Ich heiße Caroline."

Mia versuchte Caro zu beruhigen, unterhielt sich mit ihr und wartete mit ihr bis die Polizei eintraf. Caro war sehr froh darüber.

Die Polizei wollte sofort wissen, was passiert sei. Sie informierten sofort Caros Eltern. Die natürlich nach kurzer Zeit mit Charly im Schlepptau da waren. Sie kamen auf sie zu gerannt und umarmten sie und waren froh darüber, dass nichts schlimmeres passiert war und sie fliehen konnte. Peter beratschlagte sich mit seinen Kollegen über den Vorfall, während Caros Mutter sich mit ihrer Tochter unterhielt. Caro erzählte ihr noch einmal alles genau, was passiert war.

Die Polizei versuchte nun Zeugen zu finden.

Als sie zu Hause waren, musste sich Caro erst einmal von dem Vorfall erholen. Sie war immer noch sichtlich aufgewühlt. Sie brauchte erst einmal Ruhe und schloß sich in ihrem Zimmer ein. Währenddessen diskutierten ihre Eltern darüber, wer der Mann sein könnte, der Caro versuchte zu entführen.

Auf einmal klingelte es an der Tür. Als Peter die Tür öffnete, kam Caros Schwester Sarah heulend herein. Sie erzählte, dass ihr Mann sie verlassen habe und sie im zweiten Monat schwanger sei. Verena umarmte sie sofort voller Mitleid. Dann fragte Sarah, ob es in Ordnung sei, wenn sie erst einmal hier übernachtet.

„Na klar kannst du das, Sarah", sagte ihre Mutter darauf. Verena war verzweifelt. Die Entführung und versuchte Entführung war für sie schon schlimm genug. Nun kam auch noch ihre zweite Tochter dazu, sitzengelassen und schwanger. Aber was sollte sie anderes sagen. Natürlich konnte sie Sarah nicht alleine im Regen stehen lassen. Schließlich ist sie auch ihre Tochter.

Sarah schlief dann bei Caro mit im Zimmer. Diese Nacht war es sehr stürmisch draußen. Um drei Uhr nachts wachte Caro auf. Als sie sich zu Sarah´s Bett umdrehte, bemerkte sie, dass es leer war. Daraufhin hörte sie die Haustür zugehen. Caro sprang sofort aus ihrem Bett, ging zum Fenster und sah auf die Straße. Sie sah einen schwarzen Mercedes wegfahren. Caro hatte sich dabei nichts gedacht. Es war aber natürlich eigenartig, dass ihre Schwester mitten in der Nacht mit einem Auto wegfuhr. Sie erzählte am nächsten Morgen ihren Eltern davon. Aber sie wussten, dass Sarah keinen Mercedes besaß. Aber Verena wusste wer.

„Sarahs und Caros Vater hat einen Mercedes. Oh, das ist nicht gut. Warum ist sie mit ihm gefahren? Ich glaube Sarah ist in Gefahr!", sagte Verena panisch darauf.

Peter saß auf einem Stuhl und sprang auf.

„Ich werde sofort meine Kollegen alarmieren!"

Verena sah ihn an und meinte: „Nein! Die Polizei wird ihn nicht fassen können. Ich will nicht, dass Sarah etwas passiert. Du weißt doch wie schwierig es ist, die Mafia zu fassen."

„Was hat das mit der Mafia zu tun?", hakte Peter nach.

Verena hatte Mühe ihn auf diese Frage zu

antworten. Sie hatte ihn nie die Wahrheit erzählt, sondern das ihr Ex-Mann ein Alkoholiker und Drogensüchtiger war, was allerdings nicht stimmte. Heulend sagte sie ihm, dass ihr Ex-Mann ein Mitglied der Mafia war.

„Warum hast du mir das bisher verschwiegen? Warum hast du mir nie die Wahrheit gesagt? Ich bin Polizeibeamter und wir sind seit 10 Jahren verheiratet!" Er war sichtlich enttäuscht.

Verena wusste nicht so recht, was sie darauf antworten sollte.

Caro hatte das Gefühl, als könnte sie sich nicht mehr bewegen.

„Mum? Ist das wirklich wahr?", fragte Caro sie darauf. Caro hatte Mühe diese Frage über die Lippen zu bekommen. Auch ihre Mutter hatte Mühe zu antworten.

„Ja Caro, ich war damals mit dir und deiner Schwester von Bundesstaat zu Bundesstaat geflohen. Vier Jahre lang. Wir waren im Zeugenschutzprogramm und..." Sie stockte.

„Wir sind vor unserem Vater geflohen?"

Caro musste diese Neuigkeiten erst einmal verdauen. Peter war ebenfalls schockiert.

Dann sah Caros Mutter Peter an.

„Tut mir Leid Peter. Ich wollte dir das eigentlich schon längst erzählen. Aber ich konnte es nicht. Ich hatte Angst. Ich wollte die Vergangenheit vergessen und auf sich beruhen lassen. Aber jetzt...jetzt hat sich alles geändert. Caro wurde entführt und plötzlich tauchte der Bruder von James auf und wurde vor unserem Haus erschossen."

Weder Caro, noch Peter wussten, was sie dazu sagen sollten. Sie waren beide leichenblass geworden. Sie konnten beide nicht glauben, was sie da hörten.

„Ich glaube, es ist besser, wenn du erst einmal auf dein Zimmer gehst. Ich muss mich in Ruhe mit deiner Mutter darüber unterhalten", sagte Peter zu Caro.

Sie gehorchte und verschwand in ihr Zimmer. Sie setzte sich auf ihr Bett und dachte nach: „Was passiert, wenn mein Vater mich auch holt? Er ist bei der Mafia? Was hat das zu bedeuten?" Sie nahm ihr Handy und wählte die Nummer ihrer besten Freundin. Sie brauchte jetzt jemanden zum Reden. Etwas Ablenkung täte ihr jetzt gut. Ihre Freundin Nina meldete sich sofort. Caro fragte sie, ob sie bei ihr vorbeikommen könnte. Nina freute sich darüber, dass Caro sich mal wieder bei ihr meldete und sagte zu. Caro musste einfach woanders hin. Als sie aufgelegt hatte, schlich sie zur Tür hinaus. Sie konnte ihren Eltern nicht erzählen, dass sie zu einer Freundin gehe. Sie würden sie nicht einmal aus dem Haus lassen. Also musste sie sich heimlich aus dem Haus schleichen. Sie wusste zwar, wie gefährlich es draußen für sie war, aber sie musste einfach mit jemand anderen reden, der ihr vertraute. Sie schlich die Treppe heruntern und an der Küche vorbei, wo ihre Eltern sich unterhielten, Richtung Haustür. Peter machte ihrer Mutter ziemliche Vorwürfe. Charly schlief zum Glück tief und fest auf seiner Decke, dass Sie sich unbemerkt an ihm vorbei schleichen konnte. Ihn schien die aufgeregte Diskussion ihrer Eltern anscheind überhaupt nicht zu stören. Caro ging dann die Straße entlang Richtung Norden. Vier Häuserblocks weiter bog sie in die Flowerstreet ab, wo Nina wohnte. Als Caro am Haus ankam klingelte sie an der Tür. Nina machte auf, begrüßte sie. Ihre Mutter kam die Treppe hinunter und begrüßte sie ebenfalls. Sie gingen in Nina´s Zimmer und ihre Mutter brachte den Beiden eine heiße Schokolade. Sie fingen an zu quatschen über Gott und die Welt. Aber Nina merkte schnell, dass Caro sich anders verhielt als sonst. Caro war ziemlich durch den Wind. Als Nina dann fragte, was los sei erzählte

Caro ihr die Geschichte von ihrem Vater. Alles, was sie bisher wusste. Nina konnte es erst gar nicht glauben, was sie da hörte. „Und das hat deine Mutter all die Jahre dir echt verschwiegen? Oh man...oh man, das ist ja...ich weiß gar nicht was ich dazu sagen soll. Dein Vater ist echt bei der Mafia?" Caro nickte und versuchte, Nina klar zu machen, dass es keine ausgedachte Story sei. „Ich habe keine Ahnung, was das jetzt für mich bedeutet. Ich habe Angst, Nina! Will er mich töten?"

Nina umarmte sie und versuchte sie zu beruhigen. „Wenn er das wollte, meinst du nicht, dass du es dann nicht schon längst wärst?"

Da musste ihr Caro wohl recht geben. Das war für die Mafia eines der leichtesten Dinge, wenn sie die Person gefunden hatten, die sie suchten.

„Ich glaube nicht, dass er dich töten will. Er will irgendwas anderes von dir, denke ich."

Nur was wollte er von ihr, fragte sich Caro.

Nina war der Meinung, dass Caro ein bisschen Ablenkung gut tun würde, also schlug sie ihr vor ein bisschen shoppen zu gehen.

Am Nachmittag waren sie im Einkaufszentrum. Caro entdeckte eine tolle Hose und ein Kleid in einem teuren Kleidungsgeschäft. Da sie sich zum Glück genug Geld eingesteckt hatte, konnte sie sich die Sachen kaufen. Auch wenn Peter öfters mal mit ihr schimpfte, da er als Polizist nicht so viel verdiente, kamen für Caro günstigere Kleidungsgeschäfte nicht in Frage. Danach gingen sie in ein Schmuckgeschäft und Caro kaufte sich Ohrringe. Nina kaufte nichts, da sie angeblich aktuell nichts neues brauchte. Caro versuchte sie zu überreden. Nina meinte dann darauf, dass sie vielleicht in einem anderen Geschäft noch etwas kaufen würde, falls sie doch noch etwas findet, was sie gebrauchen könnte. Also gingen sie noch weiter die Einkaufsstraße entlang. Plötzlich zog Nina Caro am Arm und lief in ein Schuhgeschäft hinein.

„Hast du es bemerkt?", fragte sie Caro. Caro wusste nicht so recht, was Nina damit meinte.

„Was soll ich bemerkt haben?" Caro sah sich um? "Besondere Schuhe?"

„Hast du nicht gemerkt, dass immer der gleiche Mann uns hinterherläuft?"

Sie flüsterte fast, so dass Caro gerade noch verstand, was sie sagte.

„Wahrscheinlich war es nur Zufall",

antwortete Caro flüsternd.

„Nein Caro, er läuft uns die ganze Zeit hinterher. Und er hat vor jeden Geschäft gewartet bis wir wieder herauskamen."

„Du meinst also, dass es einer von..."

„Ja, genau! Und ich wette mit dir, dass dieser Mann wieder vor dem Geschäft steht", unterbrach Nina sie.

Dann ging sie in Richtung Ausgang, um nach diesen Mann Ausschau zu halten. Und tatsächlich, er stand wirklich draußen und sah sich im Schaufenster des Geschäftes etwas an.

Nina ging zurück zu Caro.

„Er steht wirklich da. Was wollen wir jetzt machen? Wollen wir so tun als hätten wir ihn nicht bemerkt oder ihn zur Rede stellen?", fragte Nina sie. Zur Rede stellen? Bei dem Gedanken wurde Caro ziemlich mulmig zumute. Davor hatte sie einfach zu viel Angst. Sollte sie Peter anrufen? Caro nahm ihr Handy aus ihrer Tasche. Sie musste aber leider feststellen, dass sie kein Empfang hatte.

Eine Verkäuferin kam zu ihnen und wollte wissen, was sie suchten.

„Wo ist hier ein Hinter- oder Notausgang?", fragte Caro daraufhin die Verkäuferin. Die

Verkäuferin war sichtlich verwirrt über diese Frage.

Caro wollte sich mit Nina nur davon schleichen, ohne dass dieser Mann, der vor dem Schaufenster stand, es mitbekam. Erst fragte die Verkäuferin natürlich, weswegen sie einen Hinterausgang suchten. Aber nachdem Caro ihr erzählte, dass sie verfolgt werden und dieser Mann am Schaufenster steht, zeigte sie den Beiden den Hinterausgang. „Soll ich nicht lieber die Polizei rufen?", fragte sie die beiden, während Caro die Tür des Notausgangs öffnete.

„Nein, ich rufe gleich meinen Vater an, der ist Polizist. Hier drinnen habe ich nur kein Netz.", sagte dann Caro daraufhin zu der Verkäuferin.

5. Kapitel

In der Zwischenzeit saßen Peter und Verena im Wohnzimmer. Peter las die Tageszeitung und Verena starrte vor sich hin. Nachdem Peter die Zeitung durchgelesen hatte, sagte er, dass er mal nach Caro sehen wolle, wie es ihr geht. Er ging die Treppe hinauf, ging in Caros Zimmer und kam nach einer kurzen Zeit völlig aufgelöst wieder herunter. Verena sah ihn an und fragte, was los sei.

„Caro...Caro ist...sie ist nicht in ihrem Zimmer." Verena starrte ihn an. Das Telefon klingelte und Peter nahm daraufhin den Hörer ab. Die Polizeiwache meldete sich am Apparat und teilte ihm mit, dass er zum Dienst müsse, da sie ihn dringend brauchten. Nachdem er den Hörer aufgelegt hatte, sagte er zu Verena, dass er zur Arbeit müsse und erst so gegen 21 Uhr wieder zurück sei und sie Caros Handy oder bei Caros bester Freundin Nina anrufen solle. Als er aus der Tür war und wegfuhr klingelte erneut das Telefon. Verena nahm ab. Es meldete sich eine Stimme, die sie von früher kannte.

„Hallo Schatz, du dachtest wohl, ich würde dich nicht finden. Ich weiß, dass Caro mit ihrer Freundin in der Stadt shoppen ist. Ich habe sie dort gesehen."

„James, was willst du?", fragte Verena darauf.

„Meine Tochter, ich möchte sie gerne..."

„Oh, wenn du Caro nur ein Haar krümmst, dann bringe ich dich um!", drohte Verena ihm.

„Warum denkst du so über mich?" Seine Stimme war ernst.

Und ist Sarah bei dir? Gib sie mir bitte wieder zurück! Wenn du ihr irgendwie wehtun solltest, dann..."

„Ich möchte doch nur..."

„Nein, Caro bekommst du nicht!" Verena knallte den Hörer auf.

Dann wählte sie die Nummer von Pcters Handy. Peter nahm nach dem zweiten Klingeln ab und fragte, was los sei und ob sie etwas von Caroline gehört habe. Als sie erzählte, wer gerade angerufen hatte und wo Caro sich gerade aufhielt, sagte er ihr, dass er sofort zur Stadt fahren wird und Caro aufsucht. Dann legte er auf.

Kaum hatten Caro und Nina das Geschäft verlassen, rief Caro Peter an. Peter meldet sich sofort und klang am Telefon sehr erleichtert, als er ihre Stimme am Telefon hörte. „Ich wollte dich auch gerade anrufen. Wir haben uns Sorgen gemacht. Du kannst doch nicht so einfach weg laufen!" Peter ließ sie erst gar nicht zu Wort kommen. „Geht es dir gut? Ist Jemand bei dir? Bist du alleine? Wo bist du genau im Einkaufszentrum? Ich bin gerade auf dem Weg zu dir. Du bist in Gefahr, Caro! Du wirst von Jemandem beobachtet. Bitte, warte auf mich! Ich bringe dich in Sicherheit!" Caro war froh, als er sie endlich auch mal zu Wort kommen ließ. Anscheinend wusste er schon mehr als sie dachte. Aber woher? Sie erzählte, dass es ihr gut ginge und wo genau sie sich gerade mit Nina aufhielt. Peter sagte dann, dass er in 5 Minuten da sei und legte auf.

Caro sah daraufhin Nina an. „Merkwürdig."

„Was ist los? Warum hast du Peter nichts erzählt?"

„Er meinte, ich bin in Gefahr. Er will mich sofort nach Hause holen und ist schon auf dem Weg. Woher weiß er, dass wir im Einkaufzentrum sind?"

Sie gingen langsam Richtung Ausgang des Einkaufszentrums, wo Peter hinkommen wollte, um sie abzuholen.

„Ich schätze mal, deine Eltern haben sich Sorgen gemacht und versucht deine beste Freundin, also mich, anzurufen. Ist wohl das naheliegendste, denke ich und meine Mutter hat ihnen mitgeteilt, wo wir sind."

„Ja ok, das kann natürlich sein. Aber warum haben Sie nicht versucht mich anzurufen?", entgegnete Caro darauf.

„Vielleicht haben sie es ja versucht. Aber wie du weißt, hatten wir im Einkaufzentrum wenig bis gar kein Netz." Da musste sie ihrer Freundin wohl zustimmen und sah sich dabei um und hoffte, dass der Mann sie nicht mehr verfolgte. Hoffentlich hatten sie ihn durch den Notausgangs abgehängt. Sie verließen das Einkaufzentrum und waren am Treffpunkt angekommen.

In diesem Moment kam ein Polizeiwagen vorbei.

Sie liefen Beide zum Polizeiwagen.

Peter sah die vielen Einkaufstüten, die Caro in den Händen hielt. Er sah darüber überhaupt nicht begeistert aus. Er sagte aber nichts. Erst fuhr er Nina nach Hause. Als Caro dann im Auto alleine war, sah er sie vorwurfsvoll an. „Caro, du erfährst, dass dein Vater ein Mafioso ist und er dich wahrscheinlich zu sich holen will und dir fällt nichts besseres ein als abzuhauen, um shoppen zu gehen!" Er war eindeutig wütend auf sie und schrie sie fast an. Seine Ader am Hals pochte und er krallte sich krampfhaft am Lenkrad fest. Ok, das Klang wirklich leichtsinnig, wie er es sagte. So genau hatte sie nicht darüber nachgedacht, als Nina ihr die Idee vorgeschlagen hatte. Er hatte allen Grund dazu auf sie wütend zu sein. „Und wie ich sehe, hast du auch jede Menge Geld ausgegeben. Du weißt schon, wie viel ich als Polizist verdiene oder? Und außerdem müssen wir immer noch unser Haus abbezahlen." Sie versuchte sich zu entschuldigen und gestand ihm, dass sie nicht nachgedacht hatte. Dann setzte er Caro zu Hause ab und fuhr wieder zum Dienst. Ihre Mutter sah Caro schon kommen und machte ihr die Tür auf. Nachdem sie hinter Caro die Tür wieder geschlossen hatte, schimpfte sie mit ihr, da sie sich einfach aus dem Haus geschlichen hatte.

Zwei Tage später hatte Peter Nachtschicht. In dieser Nacht musste er bei jemandem den Führerschein einkassieren und Schmuggler dingfest machen. Als er nach Hause kam traute er seinen Augen kaum. Was war das? Ein Fenster war eingeschlagen und die Tür stand weit offen. Er ging ins Haus und stellte fest, dass das Haus wie ein Saustall aussah. Verena kam heulend zu ihm gelaufen und sagte, dass sie

Caro mitgenommen haben. Peter fragte sofort, ob es Männer von ihrem Ex-Mann waren. Verena schüttelte den Kopf. „Ich glaube nicht. Ich kannte keinen der Männer und die haben auch nichts von James erwähnt." Sie wusste auch, dass James, wenn er Caro holen wollte, persönlich vorbeikommen würde.

„Sie haben Caro als Geisel mitgenommen. Ich konnte nichts tun. Sie drohten mir mit einer Waffe. Ich hatte zwar eine Flasche in der Hand, aber ich konnte damit leider nicht zuschlagen."

Er versuchte Verena zu beruhigen und informierte sofort seine Kollegen. Daraufhin kam sofort die Spurensicherung.

Caro wurde zur Fahndung ausgeschrieben.

Da Verena und Peter bis heute von Sarah nichts gehört haben, wurde sie ebenfalls zur Fahndung ausgeschrieben.

Verena war verzweifelt und brach an Peters Seite heulend zusammen.

Sie wollte immer ihre Töchter beschützen, aber nun hat sie anscheinend versagt.

Am nächsten Morgen klingelte das Telefon. Verena nahm ab.

„Hallo Verenalein! Na, hast du gut geschlafen? Ich möchte gerne Caro sprechen."

„Vergiss es James!"

„Willst du, dass ich vorbeikomme und Caro mitnehme?"

„Du kannst Caro nicht sprechen!"

„Und warum bitte nicht?!"

„Weil...weil...sie heute Nacht entführt worden ist." Verena fing wieder an zu weinen.

„Hör auf zu Scherzen!!" Es wurde still in der Leitung.

Verena unterbrach das Schweigen und sagte mit zitternder Stimme:

„Das ist kein Scherz! Ich weiß nicht, was ich tun soll. In der Nacht haben Männer das Fenster eingeschlagen und sie mitgenommen."

„Du kannst nichts tun, aber ich werde sie finden. Es wird alles wieder gut." Dann legte er auf.

Nun hat sich ihre Vermutung bestätigt. James hat Caro nicht. Aber wer hat sie dann entführt? Sie wusste, James wird sie finden. Aber war das gut oder schlecht? Sie wusste, auch wenn sie Angst vor James hatte und nicht wusste, was er vor hatte, war er wahrscheinlich die einzige Chance, die sie hatte.

Dieser Mann, der sich vor kurzem noch, wo Caro in der Klinik war als Arzt ausgegeben hat, bedrohte sie mit einer Waffe. Ihre Mutter wollte diesen Mann mit einer Glasflasche erschlagen, aber er hatte Caro als Geisel benutzt. Und jetzt ist sie irgendwo eingesperrt bei diesem Mann. Er hat eine Waffe auf sie gerichtet.

„So Caro, jetzt kannst du die Polizei nicht informieren. Du weißt gar nicht, dass ich nur deiner Mutter helfen will."

„Womit wollen Sie meiner Mutter helfen?", fragte sie ängstlich.

„Tue nicht so doof! Du weißt ganz genau wovon ich spreche. Ich kenne deinen Vater und ich weiß, was für ein Scheiß-Kerl er ist."

„Woher kennen Sie meinen Vater?"

„Wir haben zusammen gearbeitet. Wir waren sehr gut befreundet, bis du auf die Welt kamst. Als ich erfuhr, dass er seine Frau schlug, wollte ich seine Freundschaft nicht mehr. Nachdem du geboren warst, hatte er sich schon seine Pläne zurechtgelegt. Er wollte später, wenn du alt genug bist, dich in seiner Arbeit einweisen und du solltest mit für seinen Chef arbeiten. Deine Schwester fand er, wäre nicht geeignet dafür, aber du. Als deine Mutter das erfuhr, wollte sie sich sofort von ihm scheiden lassen. Aber dein

Vater wollte dann dich behalten. Nur deine Schwester hätte sie mitnehmen dürfen. Das wollte deine Mutter natürlich nicht. Also floh sie mit dir und deiner Schwester. Dein Vater suchte wie verrückt nach euch. Als wir wussten, wo ihr wohnt, sagte er zu mir, dass er deine Mutter umbringen wollte, damit er dich bekommen kann. Daraufhin wollte ich mit deinem Vater nicht mehr zusammen arbeiten und ich hatte meinen Job gekündigt. Daraufhin musste ich dann auch untertauchen. Und es gibt leider nur eine Möglichkeit deine Mutter vor deinem Vater zu beschützen." Er richtete die Pistole auf Caro. Caro setzte sich auf das Bett, das hinter ihr stand. Auf seiner Stirn waren Schweißperlen ausgebrochen. Sie wusste, dass der Mann vorhatte, sie umzubringen. „Ich habe dich nicht umbringen wollen."

Er drückte ihren Kiefer auf und schob das Metallrohr in ihren Mund. Caro hatte wahnsinnige Angst. Sie überlegte, was sie nur tun konnte. Aber sie wusste, sie konnte nichts tun. „Ich werde sterben", dachte Caro. „Meine Mutter..."

Plötzlich flog die Tür des Zimmers auf. Er schaute nach dem Geräusch. Caro konnte sich die Pistole aus dem Mund reißen. „Bewegt euch nicht! Bleibt wo ihr seid!", befahl jemand. Caro blickte zu der Stimme. In der Tür standen drei bewaffnete Männer. Und auf dem Flur waren noch mehr. Caro wollte etwas sagen, doch bevor sie überhaupt einen Ton heraus bekommen konnte, riss dieser Mann, der Caro umbringen wollte, sie auf die Füße und hielt sie als Schutzschild vor sich. Alle drei Männer hatten die Waffen auf ihn gerichtet, aber damit auch auf Caro. „Runter mit den Waffen, sonst bringt ihr sie um!", rief er ihnen zu. Plötzlich hörte Caro einen leichten Schuss und merkte, wie der Mann hinter ihr zu Boden ging und sie fast mit sich riss. Sie drehte sich nach ihm um. Er lag auf dem Boden. Sie sah, dass er am Kopf getroffen und sofort tot war. Seine Augen starrten leer die Zimmerdecke an. „Die hätten mich auch umbringen können", dachte sie als sie sich wieder zu den Männern umdrehte und sie ansah. Einer der Männer trat auf sie zu. Caro wich nicht zurück. Er hatte graublaue Augen und dunkelblondes Haar. Wer ist dieser Mann, fragte sich Caro. „Komm Caro, es ist alles vorbei!"

„Der denkt doch jetzt nicht, dass ich mit ihm mitgehe oder?", überlegte Caro. Aber weil sie wusste, dass sie keine andere Wahl hatte, ging sie mit ihm mit. Sie stiegen in ein Auto ein und fuhren davon. Nachdem sie eine ganze Weile schweigend gefahren waren, brach sie das Schweigen. „Sind Sie...bist du...wer bist du?" Sie wusste einfach nicht wie sie anfangen sollte, aber sie musste es einfach wissen.

„Du weißt wer ich bin Caro", antwortete er darauf.

„Bist du mein Vater?" Es kam ihr einfach so herausgerutscht. Er nickte. Caro sah ihn an.

„Dieser Mann ist also mein Vater.", rief sie sich ins Gedächtnis. Caro musterte ihn genau. Er war so um die 40 Jahre. Sie fuhren etwa noch 20 Minuten schweigend. Dann fuhr er auf ein Gelände, wo mehrere leerstehende Häuser standen. Als er anhielt und sie ausstiegen, sagte er ihr, dass sie ihm folgen solle. Sie gingen in ein sehr großes Haus. Im Flur passte das Wohnzimmer ihrer Eltern zweimal hinein. Ein alter Mann kam ihnen entgegen und begrüßte sie.

6. Kapitel

Er führte Caroline die Treppe hinauf in ein Zimmer, wo zwei Betten standen.

„Caro, hier wirst du erst einmal schlafen", sagte er zu ihr. Caro sah ihn ganz verwirrt an, aber bevor sie etwas sagen konnte, ging er zur Tür hinaus. Dann hörte sie einen Schlüssel herumdrehen. Caro erstarrte. „Der hat mich doch nicht hier drinnen eingesperrt oder?", fragte sie sich. Nein, das konnte nicht sein. Sie lief zur Tür um es zu überprüfen. Die Tür war tatsächlich abgeschlossen. Nein, das kann nicht sein! Sie drehte sich um und entdeckte am anderen Ende des Zimmers noch eine Tür. Daraufhin lief sie zur anderen Tür. Sie betätigte den Türgriff. Die Tür war nicht verschlossen. Als Caro die Tür öffnete und hinein sah, stellte sie fest, das dort ein Badezimmer war. Es war ein großes Bad, wo ca. zwanzig Personen Platz hätten. Aber es war leider keine weitere Tür vorhanden. Die Fenster ließen sich zwar öffnen, waren aber vergittert. Sie kam sich vor wie in einem Gefängnis. Sie setzte sich auf eines der Betten.

„Was soll ich jetzt bloß tun?" fragte sie sich.

„Meine Mutter und Peter machen sich bestimmt wie verrückt um mich sorgen."

Plötzlich hörte sie eine Männerstimme und jemand schloss die Tür auf. Als sie geöffnet wurde, trat eine junge Frau herein. Caro konnte es nicht glauben, wen sie da sah. Sie erkannte sie sofort. Es war ihre Schwester Sarah. Caro sprang auf und rannte auf sie zu und schrie vor Freude: „Sarah!"

Caro umarmte ihre Schwester. Und Sarah sie ebenfalls. Die Tür wurde wieder verschlossen. „Was machst du hier?", fragte sie Caro.

Caro sah sie an und antwortete: „Mein Vater...unser Vater", verbesserte sie sich, „hat mich hierher gebracht."

„Komm mal bitte mit ins Badezimmer", sagte Sarah darauf flüsternd zu ihr. Caro war verwirrt und schaute sie mit großen Augen an. Dann folgte sie ihr. Als sie im Badezimmer waren, erzählte Sarah ihr, dass sie im Zimmer abgehört wurden und sich daher nur im Badezimmer richtig unterhalten können. Dann erzählte sie Caro, was damals in der Nacht wirklich passiert war, als sie so plötzlich verschwand.

„Als wir damals schlafen gingen, stürmte es ja sehr draußen und ich konnte deswegen nicht einschlafen. Trotzdem hatte ich die Augen geschlossen und versuchte es zumindest. Aber irgendwie hatte ich das Gefühl, dass irgendetwas nicht stimmte. Als ich meine Augen öffnete erschrak ich, da plötzlich drei Männer vor mir standen. Ich wollte schreien, doch einer der Männer hielt seine Hand vor meinem Mund. Ein Anderer hielt irgendetwas in seiner Hand, aber ich konnte nicht erkennen, was es war. Mir wurde daraufhin schummrig vor den Augen. Ich wachte hier wieder auf. Warum sie damals nur mich geholt haben und nicht auch noch dich, weiß ich nicht. Es wird hier eine harte Zeit für dich werden. Aber es ist auch für mich hier nicht einfach. Ich hoffe, du wirst sie auch gut überstehen."

Caro sah sie verwundert an.

„Warum?", fragte Caro darauf.

„Ich gehe jetzt wieder hinaus und lege mich noch ein bisschen hin, da ich von dem heutigen Tage etwas geschafft bin. Übrigens, das Bett am Fenster ist meins." Dann ging sie aus dem Badezimmer und legte sich auf's Bett. Caro wollte sie noch fragen, warum sie auf ihre Frage nicht geantwortet hat, aber Sarah war schon aus dem Badezimmer raus, bevor sie etwas sagen konnte. Als Caro auch aus dem Bad kam, ging sie zum Fenster und sah hinaus. Es schien draußen die Sonne und es liefen viele Wachen auf dem Gelände herum und bewachten das Haus.

„Wahrscheinlich deswegen, dass wir auch ja nicht weglaufen können", dachte Caro. „Mum und Peter machen sich bestimmt totale Sorgen um uns", sagte sie zu Sarah.

Sarah gab ein leises Stöhnen von sich. Daraufhin drehte sich Caro zu ihr um und sah sie an. Sie war in Gedanken versunken und starrte vor sich hin. Plötzlich klopfte jemand an die Tür und schrie: „In fünf Minuten gibt es etwas zu essen!" Sarah sprang aus dem Bett und zischte ins Badezimmer. Sie machte sich etwas frisch, bürstete ihre Haare und kam nach 2 Minuten wieder heraus. Dann forderte sie Caro auf, dass sie sich auch etwas frisch machen sollte. Also ging Caro auch ins Bad und machte sich ebenfalls etwas frisch und band ihre Haare zu einem Pferdeschwanz zusammen. Beim Essen saßen sie mit ganz vielen Männern an einem großen Tisch zusammen. Aber keiner von ihnen ähnelte auch nur ein bisschen dem Mann, der Caros Vater sein sollte. Nach dem Abendessen zeigte Sarah ihr noch das ganze Gelände. Natürlich nur unter Aufsicht der Wachleute. Um 22 Uhr war Nachtruhe. Dann durften sie sich im Zimmer auch nicht mehr unterhalten. Aber sie wussten, wie sie sich in der Nacht, wenn etwas Wichtiges war, unterhalten konnten. Caro tippte auf Sarahs Schulter und ging ins Badezimmer. Sarah folgte ihr daraufhin.

„Was ist los?", fragte Sarah sie.

„Was machen wir eigentlich hier? Ich komme mir hier vor, wie in einem Jugendknast. Wieso werden wir hier eingesperrt?"

„Ich vermute wegen Rache. Vor zwei Tagen hatte ich versucht von hier zu verschwinden. Aber sie hatten mich gefasst. Mich hätten sie auch fast deswegen verprügelt, wenn Marcus nicht eingegriffen hätte."

„Wer ist Marcus?"

„Na ja, er ist ein netter Mann und ist nur drei Jahre älter als ich und ich glaube, dass er mich sehr mag. Deswegen glaube ich auch, dass er versucht, mich vor den anderen Männern zu beschützen."

„Und wie geht's deinem Baby?", fragte Caro sie darauf.

„Ich denke, es geht meinem Baby gut. Aber auf jedem Fall will ich es nicht hier bekommen!"

„Hast du es schon unserem...mmmh...Vater gesagt?" Caro wusste nicht wirklich, wie sie diese Frage stellen sollte.

„Nein!"

„Warum nicht?"

„Weil ich keinen Kontakt zu unserem Vater habe.

„Aber er hat uns doch hierher gebracht?!"

„Oh, dieses Arschloch! Er hat sich bei dir als unser Vater ausgegeben? Er ist ein Feind von unserem Vater. Er hält uns hier gefangen, damit er sich bei unserem Vater rächen kann."

„Und weswegen will er sich bei unserem Vater rächen?"

„Das weiß ich leider auch nicht." Dann ging Sarah wieder aus dem Bad und legte sich wieder ins Bett. Caro folgte ihr und tat das Gleiche.

Am nächsten Morgen wurden sie um 6.00 Uhr geweckt. Ein Mann kam herein und schrie als wäre er beim Militär: „Aufstehen! Hopp hopp ! In 10 Minuten am Frühstückstisch!" Sarah gehorchte, stand auf und ging ins Badezimmer. Caro war zu müde um aufzustehen. Also blieb sie liegen.

Der Mann kam zu ihr und schrie: „Aufstehen! Oder bist du taub?!"

Caro gab nur ein murmeln von sich. Plötzlich zog er sie aus dem Bett. Sie war so überrascht, dass sie ihn mitten ins Gesicht schlug. Daraufhin wurde er so wütend, dass er rot anlief. Dann gab er ihr einen harten Schubs und sie landete wieder auf dem Bett. Dann ballte er seine Hand zu einer Faust.

Sarah putzte währenddessen ihre Zähne und frisierte ihre Haare. Als sie die Tür vom Badezimmer öffnete erschrak sie als sie Caro sah.

„Was ist passiert?", fragte sie Caro. Caro hatte ein blaues Auge.

„Der Mann hat mich geschlagen, nur weil ich nicht aufstehen wollte", antwortete sie darauf.

„Oh mein Gott, du Arme! In fünf Minuten müssen wir am Frühstückstisch sein. Mach dich fertig."

„Ich soll mich fertig machen? Nein, das tue ich nicht. Die haben mir gar nichts zu sagen, was ich zu tun und zu lassen habe!" Daraufhin machte Sarah komische Geräusche. Caro wusste sofort, was sie ihr damit sagen wollte. Aber ihr war es egal. Caro wollte sich wieder hinlegen, aber jemand riss die Tür auf und kam auf sie zu. Er sah sie an und sagte in einem netten Ton zu ihr: „Du hast wohl immer noch nicht gelernt, wie man sich benimmt oder?" Plötzlich trat er auf sie zu und schrie ihr ins Ohr: „Dann lernst du es jetzt!" Sie zuckte zusammen. Damit hatte sie nicht gerechnet. Er sah sie an und schrie:

„Steh auf!"

Als sie aufgestanden war, führte er sie nach draußen und schrie: „Los, lauf einmal um alle Gebäude hier auf dem Gelände!" Er scheuchte sie so lange, bis sie nicht mehr konnte und stehen blieb. Ihr Herz raste, als würde es gleich explodieren. Er schrie immer noch, dass sie weiterlaufen solle! Als sie sich nicht von der Stelle bewegte, zuckte er eine Waffe hervor und schrie: „Wenn du nicht sofort weiter läufst, dann..."

Sie hatte keine andere Wahl, also lief sie weiter, aber nach ca. 100 m brach Caro zusammen und verlor das Bewusstsein. Als sie wieder aufwachte, lag sie in einem Bett und ihre Schwester saß neben ihr. „Hey, wie geht´s dir?", fragte sie Caro. Caro sah sie an. „Schön Caro, dass du wieder wach bist."

„Sarah!", sagte Caro und sah das Fenster an. Sarah sah ebenfalls zum Fenster und überlegte erst, was Caro ihr damit sagen wollte, aber dann wusste sie, was sie damit meinte.

„Ich hoffe, dass es dir bald wieder besser geht", sagte sie dann zu ihr. Die Tür ging auf und ein Mann kam herein. Sarah sah ihn schweigend an. Er klemmte die Wanzen ab, nachdem er die Tür wieder zu gemacht hatte. Als er alle Wanzen abgeklemmt hatte, ging Sarah auf dem Mann zu und begrüßte ihn mit „Hallo Marcus!" Dann umarmte sie ihn. Er sah Sarah an und fragte, was passiert sei. Sarah erzählte ihm alles. Daraufhin sah er Caro mitleidig an.

„Das ist also dieser Marcus", dachte Caro.

Er sah Sarah wieder an und meinte: „Wenn es deiner Schwester wieder besser geht, dann helfe ich euch von hier zu fliehen." Sarah bedankte sich und umarmte ihn. Dann klemmte er die Wanzen wieder an und ging wieder zur Tür hinaus.

7. Kapitel

2 Tage später:

Es war später Abend und bereits schon dunkel draußen als Marcus kam und wieder die Wanzen abklemmte. Er erzählte ihnen, wie sie am besten unbemerkt von hier fliehen können.

„Es muss schnell gehen, da sonst jemand bemerken würde, dass keiner mehr redet."

Nachdem er ihnen alles mitgeteilt hatte, wollten sie aus dem Fenster steigen, aber er hielt Sarah noch zurück.

Er gab ihr eine Waffe und sagte dazu: „Falls ihr in Gefahr kommen solltet."

Sarah wollte ablehnen, aber sie nahm sie trotzdem an sich. Er küsste sie zum Abschied. Dann forderte er sie zum Gehen auf. Daraufhin stiegen sie aus dem Fenster. Es waren keine Wachen zu sehen, da Marcus sie alle woanders hin gelockt hatte. Sie liefen leise und so schnell sie konnten über den Parkplatz. Als sie einen Baum sahen, versteckten sie sich erst einmal dahinter, um nicht entdeckt zu werden. Das größte Hindernis war aber der hohe Zaun vom Gelände, wo sie unbemerkt herüber klettern mussten. Sie zählten leise bis drei und rannten so schnell sie könnten zum Zaun und wollten hoch klettern. Aber wie es kommen musste, sah jemand zufällig gerade in diesem Moment aus einem der Fenster. Als sie fast oben angekommen waren, kam einer der Wachleute angerannt. Sie versuchten so schnell wie möglich hoch zu klettern. Sie kamen oben an, kletterten ein kleines Stück auf der anderen Seite des Zaunes wieder herunter und dann sprangen sie ab. Als der Mann am Zaun ankam, liefen sie so schnell wie möglich in Richtung Wald, der gegenüber vom Gelände war. Der Wachmann schoss auf sie, traf zum Glück aber immer daneben. Sarah zuckte ihre Waffe, drehte sich um und schoss. Der Wachmann stöhnte und ging zu Boden. Sie rannten weiter und erreichten den Wald. Im Wald angekommen, liefen sie immer noch eine ganze Weile weiter durch den Wald, bis ihnen der Wald wie der tiefste Dschungel vorkam. Erst dann machten sie eine Pause. Als sie einigermaßen wieder normal atmen konnten gingen sie weiter.

„Marcus ist echt nett", sagte Caro plötzlich zu Sarah.

„Ja, das ist er", sagte sie darauf. Sie gingen noch eine ganze Weile durch den Wald. Als sie einen kleinen Bach entdeckten, machten sie sich am Bach ein bisschen frisch und tranken etwas

Wasser, da sie Durst hatten. Dann überquerten sie ihn und gingen weiter durch den Wald. Als sie ca. eine Meile vom Bach entfernt waren, setzten sie sich auf den Boden. Sie waren ziemlich erschöpft. Sie versuchten wach zu bleiben und lauschten, ob sie etwas hörten. Werden sie verfolgt? Ab und zu hörten sie im Wald ein Knacken vom weitem. Aber es war nichts zu sehen in der Dunkelheit. Haben sie sie schon gefunden und sind in der Nähe? Sie versuchten wieder zu lauschen. Aber nichts passierte. Nur ein Uhu machte sich bemerkbar. Nach einer Weile schliefen sie vor Erschöpfung ein.

Als Caro und Sarah am nächsten Morgen ihre Augen öffneten, mussten sie erst einmal überlegen, wo sie waren. Es war inzwischen hell geworden, die Sonne schien und man hörte die Vögel zwitschern. Nach einer Weile gingen sie weiter. Nach ca. zwei Meilen kam eine Lichtung und der Wald endete. Eine riesige Wiese kam zum Vorschein. Sie waren total erschöpft und hatten Hunger und Durst. Nachdem sie die Wiese überquert hatten und auch noch einen kleinen Wald, kam ein kleines Dorf zum

Vorschein. Dann sah Sarah Caro an und meinte: „Wir sind gerettet!"

Plötzlich bemerkte Caro einen dritten Schatten hinter sich. Sie drehte sich um und erschrak. Dann tippte sie Sarah auf die Schulter. Sie drehte sich um und erschrak ebenfalls.

Es war ein Wachmann vom Dorf.

Verena und Peter warteten vergeblich auf einen Anruf von der Polizei, weil Caro und Sarah jetzt schon seit mehreren Tagen vermisst wurden. Aber wenn das Telefon klingelte, waren es Freunde oder welche aus der Familie, die von der Entführung erfahren hatten.

„Was ist, wenn Caro und Sarah inzwischen nicht mehr leben?", fragte Verena Peter.

„Ich habe solche Angst davor. Oh, bitte, bitte, leben sie noch. Was können wir nur tun?"

„Wir können leider nichts tun. Wir können nur warten und beten", sagte Peter daraufhin zu ihr. Plötzlich klingelte das Telefon. Verena raste hin und nahm ab. Peter beobachtete, wie sie erst kreidebleich im Gesicht wurde und dann sich ihre Lippen zu einem Lächeln formten. Als sie den Hörer wieder auflegte, sah sie Peter an und sagte ihm, dass James weiß, wo Caro und Sarah sind und er sofort dorthin fahren will.

„Hat er dir gesagt, wo sie genau sind? Wir

müssen sofort da auch hin fahren!", forderte er Verena auf.

„Nein, hat er nicht. Er meint, wir sollen hier warten, da er noch nicht einmal sich sicher ist, ob sie noch leben", entgegnete sie darauf.

Nachdem sie dem Wachmann erzählt hatten, was sie hier suchten, führte er sie ins Dorf. Dann fragte Caro ihn, ob sie mal telefonieren dürfe. Leider musste er es verneinen, da es im Dorf kein Telefon gab. Sarah konnte es nicht glauben und teilte ihm mit, dass sie dringend telefonieren müssen und bat ihn nochmals darum. Seine Miene verfinsterte sich.

„Seid ihr taub oder wie?! Wenn ich sage, hier gibt es kein Telefon, dann gibt auch hier kein Telefon!"

„Ein freundlicher Mensch ist er nicht gerade", dachte Sarah darauf.

Er bot ihnen etwas zu Essen und zu Trinken an. Sie hatten einen großen Hunger. Nach dem Essen führte er sie ins Gästezimmer. Sie wollten erst einmal duschen. Sie waren so erschöpft, dass sie sich sofort danach ins Bett legten und einschliefen. Am nächsten Morgen regnete es draußen in Strömen. Sarah war schon im Badezimmer als Caro aufwachte. Als sie in die

Küche gingen, war das Hausmädchen gerade dabei, den Frühstückstisch zu decken. Sie begrüßte die Beiden. Während sie dann am Frühstückstisch aßen, brachte das Hausmädchen ihnen eine heiße Schokolade.

Nach dem Frühstück wollten sie aufbrechen und weiterziehen, aber das Hausmädchen wollte die Beiden bei dem Wetter nicht gehen lassen. Es klingelte an der Haustür. Es war nur der Wachmann, der wissen wollte, ob es ihnen gut ginge und ob alles in Ordnung sei.

Gegen Mittag hörte der Regen auf und sie verabschiedeten sich. Das Hausmädchen gab ihnen etwas Geld und genug Proviant mit. Sie meinte, dass das nächste Dorf ein Telefon hätte. So gingen sie weiter durch Wälder und Wiesen. Unterwegs kamen sie an einem Bauernhof vorbei, der aber leider nicht bewohnt aussah. Also machten Sie sich auch nicht die Mühe dort zu klingeln und gingen weiter. Dann gingen sie an einer Landstraße entlang, in der Hoffnung, dass ein Auto vorbeikommen würde. Glücklicherweise kam gerade ein Lastwagen die Straße entlang. Sie hielten den Fahrer an und fragten, ob er sie ins nächste Dorf oder in die nächste Stadt mitnehmen könnte.

„Ich fahre nach Eugene. Ich kann euch gerne

bis in die Stadt mitnehmen.""""

Also stiegen sie ein und bedankten sich. Sie fuhren ungefähr eine halbe Stunde. Der Fahrer ließ sie in Eugene kurz vor einem Hotel hinaus, wo eine Telefonzelle stand. Sie bedankten sich nochmals. Caroline wählte die Nummer der Eltern. Ihre Mutter nahm ab. Als Caro sich meldete, hörte sich ihre Mutter erleichtert an und fragte, wo sie sei. Sie erzählte ihr, dass auch Sarah bei ihr war und sie in Eugene waren. Sie hörte, dass ihre Mutter vor Freude weinte. Dann wollte sie wissen, was genau passiert war und wie sie nach Eugene gekommen sind. Als Caro antworten wollte, riss Sarah ihr den Hörer aus der Hand. Sie begrüßte ihre Mutter und redete mit ihr. Caro sah sie daraufhin giftig an. Aber Sarah ignorierte es.

Als sie den Hörer auflegte, fauchte Caro sie an: „Sag mal, was sollte das! Ich hätte dich schon noch mit ihr reden lassen!"

„Sie wollen so schnell wie möglich hierher kommen", sagte Sarah darauf zu ihr während sie aber in eine ganz andere Richtung schaute. Caro folgte ihren Blick und sah einen gut aussehenden jungen Mann auf der anderen Straßenseite.

Sarah flüsterte ihr daraufhin ins Ohr: „Siehst du diesen Mann dort hinten?"

Caro nickte.

„Hast du den schon einmal gesehen?"

„Nein, wüsste ich nicht. Der kommt mir nicht bekannt vor."

„Caro, bist du dir sicher?"

„Ja, bin ich!""

„Überlege bitte genau, er ist..." Plötzlich drehte er sich um und sah in ihre Richtung.

„Oh mein Gott, er hat uns gesehen, lauf Caro, lauf!" Sarah packte Caro am Arm und lief los. Erst nachdem sie durch mehrere Straßen gerannt waren, machten sie Pause. Vom weitem bemerkten sie ein langsam, immer näher kommendes Auto.

„Verfolgte er sie?", fragten sie sich. Also rannten sie weiter und liefen dann in das nächste Hotel, nachdem sie den Autofahrer abgehängt hatten. An der Rezeption bekamen sie einen Schlüssel für ein Zimmer. Es lag im ersten Stock, war komfortabel eingerichtet und hatte einen Balkon zur Gartenseite.

Verena drehte sich zu Peter um und sagte weinend vor Freude: „Caro und Sarah sind in Eugene. Ihnen geht es gut."

„Was machen die Beiden in Eugene?", fragte

Peter sie sichtlich verwirrt.

„Ich weiß es nicht. Jedenfalls habe ich den Beiden gesagt, dass wir sie morgen am Bahnhof abholen. Oh, ich bin so froh, dass die Beiden leben und dass es ihnen gut geht.""

„Oh ja, ich auch!" Peter nickte zustimmend.

8. Kapitel

Es schien die Sonne als Caro und Sarah am nächsten Morgen aufwachten. Nachdem Caro geduscht und sich angezogen hatte und Sarah ins Badezimmer gegangen war, klopfte es an der Tür. „Zimmerservice!"

Caro wunderte sich, da sie keinen bestellt hatten. Als sie die Tür öffnete, richtete ein Mann eine Waffe auf sie. Sie erschrak. Es war der Mann, der sich als ihr Vater ausgegeben hatte. Er ging ins Zimmer und machte die Tür hinter sich zu. Caro rief nach ihrer Schwester. Sarah erschrak ebenfalls, als sie sah, dass jemand eine Waffe auf Caro richtete.

„Ihr dachtet wohl, ich würde euch nicht finden!"

Plötzlich rannte Sarah auf den Mann zu und schrie: „Lass Caro in Ruhe!!"

Dann wollte sie auf ihn einschlagen, aber er schubste sie weg, so doll, dass sie gegen einen Tisch flog und dadurch ziemliche Bauchschmerzen bekam. Durch die Schmerzensschreie von Sarah, war der Mann abgelenkt. Caro nutzte die Gelegenheit und lief zu Sarah. Sie schrie immer nur: „Oh Gott, mein Baby, mein Baby!!" Caro schrie ihn an, dass er einen Notarzt rufen solle! Als er sich nicht rührte, ging Caro zum Telefon und wählte den Notruf. Er richtete wieder die Waffe auf Caro. Damit wollte er verhindern, dass sie am Telefon nichts Falsches sagte. Der Krankenwagen brachte Sarah so schnell wie möglich ins Krankenhaus.

Sarah wurde sofort versorgt und untersucht. Nach einer kurzen Zeit kam ein Arzt zu ihnen und teilte mit, dass es Sarah und dem Baby gut ginge und sie nicht zur Beobachtung da bleiben müsse und wieder nach Hause kann. Und sie sich natürlich noch etwas ausruhen kann, wenn sie ein bisschen müde sei. Der Mann wollte mit dem Arzt dann unter vier Augen sprechen. Caro ging daraufhin zu Sarah. Als sie ins Zimmer kam, sah Sarah sehr müde und erschöpft aus.

„Hey!", begrüßte Caro sie. „Wie geht´s dir?"

„Ich bin irgendwie müde."

„Dann schlafe dich erst einmal aus. Ich komme dann später nochmal vorbei." Dann ging Caro und verließ das Zimmer. Als sie den Flur entlang schaute, sah sie, dass der Mann sich immer noch mit dem Arzt unterhielt. Daraufhin schlich sie den Flur Richtung Ausgang entlang. Auf der rechten Seite vom Ausgang befand sich ein Telefon. Sie nahm den Hörer und wählte die

Nummer ihrer Eltern, um ihnen mitzuteilen, was passiert war. Am anderen Ende der Leitung nahm Peter ab. Als sie ihm alles erzählte und er wissen wollte, zu welchem Krankenhaus sie kommen sollen, wurde die Verbindung von dem Mann, der sich eben noch mit dem Arzt unterhalten hat, unterbrochen. Er starrte Caro an und sagte mit einem wütenden Tonfall: „Du denkst wohl, du kannst mich verarschen!"

Dann zog er sie am Arm und wollte sie nach draußen führen. Caro schrie dabei um Hilfe! Die Ärzte sahen Caro verwirrt an.

Einer der Ärzte schrie: „Lassen sie das Mädchen los!" Er erschrak, drehte sich um und sah den Arzt an. Dabei lachte er innerlich.

„Sie wollen mir doch nicht wirklich sagen, was ich zu tun habe oder?"

„Doch, genau das will ich", sagte der Arzt darauf mit einer ernsten Stimme.

Er lachte laut los. Einer der Ärzte nutzte die Gelegenheit, da er hinter ihm stand und er ihn nicht bemerkte. Plötzlich verstummte der Mann und ließ Caro los. Sie merkte, wie er neben ihr zu Boden ging. Sie drehte sich um und sah, dass dort einer der Ärzte mit einer zerbrochenen Flasche in der Hand stand. Caro bedankte sich und er fragte sie, ob es ihr gut ginge. Als sie nickte, rief einer der Ärzte bei der Polizei an. Wie ein Toter lag der Mann auf dem Boden. Nur manchmal zuckte er ein wenig. Er kam aber zum Glück erst wieder zum Bewusstsein als die Polizei eintraf. Nachdem die Polizei den Mann mit Handschellen abgeführt hatte, wollte Caro noch einmal zu ihrer Schwester gehen um ihr mitzuteilen, dass sie demnächst wieder nach Hause können. Sie öffnete die Zimmertür und erschrak. Neben Sarah´s Bett saß jemand.

„Wer ist dieser Mann?", fragte sich Caro. Er bemerkte sie an der Tür. Sie bekam Angst und zitterte. Er stand auf und kam auf sie langsam zu. Dabei erkannte sie, dass es der Arzt war, der ihren Entführer abgelenkt hatte. Sie beruhigte sich wieder ein wenig.

Der Mann sah sie an und sagte: „Hallo Caro! Ich habe mitbekommen, was passiert ist. Du brauchst keine Angst vor mir zu haben. Ich tue dir nichts. Ich bin Dr. Thomas Klee, der Chefarzt dieses Krankenhauses" Dann führte er sie zu Sarah.

„Ihr könnt ruhig "Du" zu mir sagen. Ihr könnt gerne telefonieren und euren Eltern mitteilen, wo ihr seid. Ihr könnt gerne im Hotel eines Freundes von mir etwas essen, trinken und auch übernachten. Übrigens gibt's im Hotel eine Überraschung für euch."

Er half Sarah beim Aufstehen und führte sie zu seinem Wagen. Caro folgte den Beiden. Sie stiegen ein und fuhren Richtung Hotel. Thomas erzählte den beiden Schwestern, dass das Hotel nur zehn Minuten von der Klinik entfernt war. Dann gab er Caro sein Handy. Während der Fahrt telefonierte dann Caro mit ihren Eltern und teilte ihnen mit, wo sie sie abholen konnten. Als sie am Hotel ankamen und ausstiegen, wurden sie gleich von einem Kofferträger empfangen. Thomas teilte ihm irgendetwas in einer anderen Sprache mit. Offensichtlich war der Kofferträger ein Ausländer. Daraufhin führte er sie zur Rezeption. An der Rezeption wurden sie herzlich empfangen. Er teilte der Empfangsdame mit, dass er den Hotelmanager sprechen wollte und forderte Caro und Sarah auf an der Rezeption zu warten. Die Empfangsdame führte ihn dann zu ihm.

Verena und Peter stiegen ins Auto ein. Sie wollten so schnell wie möglich zu ihren Kindern. Nach fünf Minuten Fahrt stupste Verena Peter an: „Jetzt rase doch nicht so! Oder willst du noch einen Unfall bauen? Dann kommen wir nie an!"

Seine Mimik verfinsterte sich. „Jetzt lass mich so fahren, wie ich es für richtig halte! Ich werde schon keinen Unfall bauen!"

Wie es kommen musste, war die Polizei nach einer kurzen Zeit mit Blaulicht hinter ihnen.

„Na super Peter, dass hast du ja klasse hinbekommen. So kommen wir nie in Eugene an", sagte Verena wütend.

„Jetzt sei doch endlich still!", schrie er sie an und fuhr auf einen Rastplatz. Die Polizeibeamten verlangten sofort den Führerschein und erzählten ihm, dass er viel zu schnell gefahren sei. Sie nahmen seine Personalien auf und teilten ihm mit, dass er ein Bußgeldbescheid zugeschickt bekommt. Peter meinte darauf, dass er auch Polizist wäre und zeigte seine Marke. Die Polizisten sagten aber darauf, dass er nicht im Einsatz ist und es daher keinen Grund zum Schnellfahren gebe. Verena wollte lieber weiterfahren. Also wechselten Sie die Seiten. Ein kleines Stück weiter folgte das nächste Hindernis, ein Stau. Wie es sich herausstellte, war ein großer Unfall passiert. Jemand hatte Benzin verloren. Dadurch war ein Lastwagen ins schleudern geraten, gegen drei Autos geprallt und im Graben gelandet. Die drei

Autos blockierten die ganze Fahrbahn. Als Verena das Radio anmachte, wurde in den Nachrichten mitgeteilt, dass es sich noch um Stunden handeln kann, bis die Fahrbahn wieder geräumt sei. Es gäbe aber zum Glück keine Schwerverletzten.

Caro und Sarah machten sich auf einer Couch bequem. Sie quatschten miteinander. Sie waren in ein Gespräch so vertieft, dass sie nicht bemerkten, dass ein Mann auf sie zukam. Erst als er unmittelbar vor ihnen stand und sich räusperte, schenkten sie ihm Beachtung.

„Hallo Sarah, hallo Caroline. Ich weiß, ihr kennt mich nicht oder nur von Erzählungen von eurer Mutter. Wahrscheinlich hat sie nur schlimmes über mich erzählt. Aber eins kann ich euch sagen, es stimmt nicht alles. Auch wenn sie es glaubt. Damals war sie plötzlich mit euch abgehauen. Ich wusste nicht warum. Jahrelang hatte ich nach euch gesucht, weil ich euch als meine Töchter liebe. Es ist so schön, euch endlich nach so vielen Jahren wieder zu sehen. Ich habe euch immer vermisst. Ich wäre so gerne immer für euch da gewesen", sagte er mit sanfter Stimme. Beide wussten nicht so recht, wie sie darauf reagieren sollten. Caro fragte darauf, ob er wirklich ihr richtiger Vater sei. Er nickte und umarmte sie Beide.

Nun kam Thomas mit dem Hotelmanager zu ihnen.

„Wie ich sehe, haben sich drei wieder gefunden", sagte er darauf. Er begrüßte ihren Vater und dann stellte er ihnen den Personalmanager vor. Der Hotelmanager führte sie ins Hotelrestaurant, wo sie sich am Buffet reichlich bedienen konnten.

9. Kapitel

Nach zwei Stunden konnten Verena und Peter endlich weiterfahren. Die Straße war geräumt. Peter fing an sich über Verenas Fahrstil aufzuregen.

„Bei dem Schneckentempo kommen wir ja nie an. Jetzt fahre doch bitte endlich etwas schneller!"

Natürlich, wie es kommen musste, hatten sie noch einen Platten. Das war ein großes Problem, da sie keinen Wagenheber im Auto hatten. Sie hielten auf der Standspur an. Peter stieg aus und stellte das Warndreieck auf. Währenddessen rief Verena den Pannenservice an.

Während des Essens bemerkte Caro einen Jungen zwei Tische weiter, der sie die ganze Zeit beobachtete. Er war etwa in Caros Alter, hatte blonde Haare und Sommersprossen im Gesicht und war verdammt gut aussehend. Als sich ihre Blicke trafen war sie wie erstarrt. Sie fühlte sich von den Jungen wie magisch angezogen. Er drehte sich dann schnell weg und sprach mit einem Kellner, der in dem Moment zufällig vorbei kam. Als der Kellner wieder weiter ging und die Anderen in einem Gespräch vertieft waren, nutzte sie die Gelegenheit und ging zu den Jungen rüber und sprach in an:

„Hallo...mmmh...ich bin Caro. Machst du hier Urlaub?"

„Hallo! Ja, mit meinen Eltern."

"Ich habe gemerkt, dass du die ganze Zeit zu mir rüber gesehen hast."

Er wurde deutlich rot im Gesicht. Anscheind war ihm das unangenehm.

„War das so offensichtlich?" Er hielt sich die Hand vor die Augen.

„Ich bin übrigens Nico", stellte er sich vor. „Machst du auch Urlaub hier?"

„Nein, ein Freund arbeitet hier. Ich wollte hier nur etwas essen. Meine Eltern holen mich nachher ab."

James, Sarah und Thomas hatten natürlich bemerkt, dass Caro zu den Jungen gegangen war und beobachteten sie ganz neugierig.

„Mein Vater hat mich hier überrascht."

„Ach ja? Ich muss jetzt leider los. Vielleicht kreuzen sich unsere Wege ja irgendwann einmal wieder."

„Ja vielleicht. Ich hoffe es", dachte Caro.

„Na dann, ciao!"

„Ja, ciao!"

Dann ging er und sie schaute ihm nach. Als

sie wieder zu den Anderen zurückging und sie sich setzte, fragte Sarah: „Na Schwesterherz, wer ist der Junge?"

„Er heißt Nico. Leider werde ich ihn wohl nie wieder sehen.

Der Pannenservice kam nach einer halben Stunde und wechselte das Rad. Nun konnte die Fahrt endlich weiter gehen. Peter regte sich wieder über Verenas Fahrstil auf, fluchte aber nur innerlich. Sie waren noch eine gute Stunde unterwegs, als sie endlich am Hotel ankamen. Sie parkten auf einem Parkplatz und stiegen aus. Sie beteten, dass ihre Mädchen wirklich in diesem Hotel waren.

In der Zwischenzeit waren alle wieder in die Lobby gegangen, saßen auf einer Couch und redeten miteinander. Sarah bemerkte, dass die Eingangstür aufging und zwei bekannte Gesichter erschienen. Dann sprangen sie Beide auf und rannten auf die Personen zu.

„Mum, Dad!", riefen sie vor Freude. Sie umarmten sich und weinten. Nach einer Weile bemerkte Verena James. Sie ging auf ihn zu.

„Hab ich dir das alles zu verdanken?"

„Nein Verena, du musst dich ganz allein bei diesem Mann bedanken, der neben mir sitzt. Er allein hat sie Beide gerettet", antwortete James darauf.

„Sie haben Caro und Sarah gerettet?", fragte sie und sah dabei den Mann neben James an.

„Ja, wenn ich mich vorstellen darf, ich bin Dr. Thomas Klee, der Chefarzt eines Krankenhauses. Da ich mit James sehr gut befreundet bin, hat er mir viel von seinen Töchtern erzählt, dass sie in Gefahr wären usw.. Er hatte mir auch ein paar Fotos von den Beiden gezeigt. Als plötzlich Caro mit einem Mann ins Krankenhaus kam, weil ihre Schwester einen Unfall hatte, wusste ich schon von James über die Entführung Bescheid. Ich erkannte seine Töchter sofort und beauftragte einen der Ärzte, sich von hinten heranzuschleichen und mit einem Gegenstand zuzuschlagen, während ich den Entführer ablenkte."

„Ich hatte es leider erst spät erfahren, deswegen brauchte ich nichts mehr tun", ergänzte James.

„Was kann ich als Dankeschön für sie tun?", fragte Verena Herrn Dr. Klee.

„Ach quatsch, nicht nötig."

„Doch doch, ich möchte Sie dann zumindest zum Abendessen einladen."

„Ach nein, ich..."

„Doch, Sie kommen!" Verena blieb hart-näckig.

„Na gut, überredet."

James stand auf, sagte, dass er dann wieder gehen wolle und verabschiedete sich. Dann sagte er noch zu Caro: „Ich hoffe, wir sehen uns mal wieder."

Er drückte ihr einen Zettel mit seiner Telefonnummer in die Hand und teilte ihr mit, dass sie ihn immer unter dieser Nummer erreichten kann. Dann verschwand er.

Sie fuhren zu einem edlen Restaurant. Bevor sie ausstiegen, sagte Dr. Klee, dass sie eigentlich erst gerade etwas gegessen hatten. Deswegen bat er sie darum, ihn nach Hause zu fahren. Er wohne nur 3 Blocks weiter und ihn reiche es als Dankeschön. Als sie ihn abgesetzt hatte und er sich verabschiedet hatte, fuhren sie endlich nach Hause.

Es war schon sehr spät geworden, als sie endlich zu Hause ankamen. Deswegen gingen sie alle sofort schlafen.

Am nächsten Morgen saßen sie wieder zusammen am Frühstückstisch. Es schien die Sonne und es waren nur noch 3 Tage Ferien, bis die Schule wieder anfing.

In der Schule erzählte Caro dann von ihren

Erlebnissen und das ihre Schwester wieder zu Hause wohne.

Schon bald kam Sarah´s Baby zur Welt. Es war ein kleiner Junge. Sie nannte ihn Oliver. Sarah war glücklich, aber ihr fehlte jemand, nämlich Marcus. Sie wusste, dass sie ihn nie wieder sehen würde.

Am Wochenende gingen Sarah und Caro in der Stadt shoppen. Plötzlich entdeckte Caro jemanden, der ihr bekannt vorkam. Es war dieser Nico.

„Sag mal träume ich oder ist dort hinten dieser Junge, den ich im Hotel kennengelernt hatte?", fragte sie Sarah darauf.

„Nein Caro, du träumst nicht."

Dann rannte Caro auf ihn zu und rief: „Nico, Nico!"

Er drehte sich um und tatsächlich, er war es. Er erzählte, dass er hierher gezogen sei. Von da an trafen sie sich oft und irgendwann kam es zu einem Kuss. Sarah beneidete die Beiden sehr. Aber sie war froh, dass ihre Schwester so glücklich war.

Eines Tages rief Caro ihren Vater an, da sie ihm erzählen wollte, dass sie den Jungen, den sie im Hotel kennengelernt hatte, wieder getroffen hat und sie jetzt mit ihm zusammen sei. Sie wählte seine Nummer.

„Hi Dad, hier ist Caro!"

„„Caro, was für eine Überraschung, dass du dich meldest."

„Ich muss dir etwas erzählen. Du erinnerst dich doch bestimmt noch an den Jungen im Hotel oder? Du wirst es nicht glauben, aber er ist hierher gezogen. Er wohnt nur zwei Straßen weiter und wir... sind jetzt zusammen." Sie grinste über beide Ohren.

„Nein, das glaube ich nicht!"

„Doch wirklich."

„Oh, ich freue mich so für dich."

Sie unterhielten sich noch eine halbe Stunde am Telefon. Dann wollte er noch gerne Sarah sprechen. Bevor sie den Hörer an Sarah weiter gab, wollte sie aber noch gerne eins wissen, ob es wirklich stimmte, dass er ihre Mutter umbringen wollte. Er war ganz baff über diese Frage. Es war seiner Stimme anzumerken.

„Wie kommst du denn darauf? Ich würde niemals deine Mutter umbringen wollen. Wer hat dir so etwas erzählt?"

„Dieser Mann, der mich entführt und festgehalten hatte."

„Du darfst ihm nichts glauben. Er erzählt

manchmal irgendwelchen Blödsinn. Er hatte deine Mutter mal auf einen Galaabend kennengelernt, wo ich mit ihr war und sich sofort in sie verliebt. Er versuchte ab diesen Tag immer wieder an sie heranzukommen und sie für sich zu gewinnen. Als ich das erfahren hatte, hatte ich ihn natürlich aus unserem Verein herauswerfen lassen. Dann wollte er sich natürlich bei mir rächen. Er hatte es auch tatsächlich geschafft, da deine Mutter mit euch plötzlich vor mir floh. Ich wusste damals nicht warum. Ich wusste nicht, was er deiner Mutter erzählt hatte. Daraufhin hatte ich es geschafft, dass er in der Psychiatrie eingeliefert wurde. Von da an war ich immer auf der Suche nach euch. Ich hatte natürlich meine Leute, die euch fanden und euch fotografierten. Die Fotos hatte ich dann erhalten. Als ich aber dann zu euch kommen wollte, wart ihr wieder untergetaucht. Deine Mutter versuchte alles, damit ich euch nicht finden konnte. So war es viele Jahre, bis ich die Suche aufgab. Vor einem Jahr wurde er dann aus der Psychiatrie entlassen, als angeblich geheilt. Erst als ich davon erfuhr, versuchte ich euch wieder zu finden, da ich Angst um euch hatte und euch schützen wollte. Ich habe es deiner Mutter auch erst vor kurzem erzählt."

„Ja ich verstehe. Jetzt ergibt es auch alles einen Sinn. Ich hätte dich auch so gerne schon früher kennengelernt. Hätte Mum bloß damals die Wahrheit gewusst. Na gut, ich werde dir dann jetzt Sarah geben."

Dann suchte sie Sarah auf und gab ihr den Hörer.

„Hallo Sarah, ich bin's, dein Vater. Ich habe hier jemanden, der dich besuchen kommen möchte." Dann gab er den Hörer an diesen Jemanden weiter.

„Sarah? Weißt du, wer hier ist?" Sie erkannte die Stimme sofort.

„Marcus? Oh mein Gott. Das glaube ich jetzt nicht!"

„Doch, du kannst es glauben."

Am nächsten Tag brachte James Marcus zu ihr. Sie küsste ihn leidenschaftlich und umarmte ihn vor Freude.

Der Mann, der sich als Caros Vater ausgegeben hatte, wurde zu lebenslanger Haft verurteilt.

Er war ein Mafia-Boss. Der Boss von James hatte seinen Sohn erschossen. Daraufhin schwor er auf Rache. Da James die rechte Hand vom Boss war, waren James Kinder eine gute Wahl.

Er wollte James Kinder ausbilden. Sie sollten den Boss ihres Vaters töten.

Sechs Monate später heirateten Sarah und Marcus. Oliver bekam 2 Jahre später eine Schwester. 3 Jahre später heirateten auch Caro und Nico. Auch Caro war nun schwanger.